愛晴天才這樣做

AUTHOR／H

愛晴天才這樣做

作者 H

出版發行 橙實文化有限公司 CHENG SHI Publishing Co., Ltd
粉絲團 https://www.facebook.com/OrangeStylish/
MAIL: orangestylish@gmail.com

作　　者　H
總 編 輯　于筱芬 CAROL YU, Editor-in-Chief
副總編輯　謝穎昇 EASON HSIEH, Deputy Editor-in-Chief
業務經理　陳順龍 SHUNLONG CHEN, Sales Manager
美術設計　楊雅屏 Yang Yaping
製版／印刷／裝訂　皇甫彩藝印刷股份有限公司

編輯中心
ADD／桃園市中壢區永昌路 147 號 2 樓
2F., No.382-5, Sec. 4, Linghang N. Rd., Dayuan Dist., Taoyuan City 337, Taiwan (R.O.C.)
TEL／（886）3-381-1618　FAX／（886）3-381-1620
MAIL: orangestylish@gmail.com
粉絲團 https://www.facebook.com/OrangeStylish/

全球總經銷
聯合發行股份有限公司
ADD／新北市新店區寶橋路 235 巷弄 6 弄 6 號 2 樓
TEL／（886）2-2917-8022　FAX／（886）2-2915-8614

初版日期 2023 年 9 月

自序

我說過，寫愛情小說這件事情，通常我喜歡把故事裡面起始到結束的時間拉長一點。因為故事太短的話，會淪為只是片斷的記憶。假設印證的時限不夠長，就只會成為口頭上的承諾。如果看不到結果的話，一句句的誓言更只是空談。

只不過，有時候，範圍內的時間所發生的故事，也可能真的決定了一生。

基於第一段的理論，我在之前都沒有單純描寫學生時代的戀愛。但是基於第二段的理論，我寫了這本書、這個故事。

對於一個老人家來說，要描寫學生時代的愛情，除了需要挖出我塵封已久的回憶之外，融合現代年輕人該有的生活，也是一大考驗。

還好，我一直過著和年輕人很接近的生活。（我知道，這叫做自我感覺良好……）

不知不覺中，這本書已經是我的第八本作品，衷心感謝許多死忠的讀者們，陪伴我走過這幾個創作的年頭，即便是老話重提，但我還是得要這麼說。沒有你們的留言與支持，我不會寫下那麼多關於愛情的故事。當然更希望的是，這些故事都可以給大家一股力量，一股不停地正面迎接愛情的能源。

我期待某一天，某位女性（男性也可）接受某個媒體採訪的時候，可以脫口說出：「因為H的小說，讓我更有相信愛情的力氣。」

以往的每本長篇小說，都有我刻意要描寫的題材與用意，如果就定位來說，「未來，我是你的老婆」可以稱之為都會摩登愛情；「脫掉身體談戀愛」可以稱為科幻愛情；「歌神」則是音樂愛情；「未來，你會是我的誰」則是魔幻愛情；「時間。差」則是都市童話愛情。

本書，「愛晴天才這樣做」則可以稱為H的第一本校園純愛小說。很一貫地，這本小說這也是H寫作的風格——一定和以前的作品不同。

但，依舊保留H的調調。至於哪些部分是一貫的、哪些地方很不同，就留待妳們來尋找推敲了。

H的第八本書，希望妳們會喜歡。

目錄

CONTENTS

目錄

CONTENTS

第一話 壞氣候俱樂部

那一天下午，雲層很低，太陽就像是壞了鎢絲的燈泡，透不出半點光芒。

發生在高中一年級升二年級的暑假前夕，當所有人都埋首在一科又一科的期末考試時，我卻一個人意外地走進了位在學校一樓，訓導處旁邊的社團辦公室內。

高中的社辦是狹長而窄小的，雖然有著單純的隔間，但卻只是利用木板做出簡單的空間區分而已，貼近天花板的地方也沒有封死，留著許多空隙。也因此，一走進去，我就聽見了右邊社辦傳出的吉他和弦聲，再往前走不到兩步，可以聽見左邊的小房間內傳出國樂社二胡聲。

然而這些都不是我的目標，因為我知道我最喜歡的社團，就在辦公室的最深處，那間貼著「英語話劇社」的小房間內。

我無法壓抑我在兩個禮拜前看到學長姐們演出的「仲夏夜之夢」時，那種胸口澎湃的感受。如果說，在年輕的歲月裡應該做些什麼的話，我想，這個地方就是我的歸處了。

深吸了一口氣之後，我推開了「英語話劇社」的門，放眼望去就是個紊亂的空間，充斥著很多道具以及丟滿地的戲服。但是最吸引我注意的，卻是坐在裡面振筆疾書的女生。

我相信她是學姊。除了那一頭美得讓我驚嘆的長髮以外，她從容慵懶的態度，讓我判斷那絕對不是和我同年紀的人。

「請問……」我輕聲開口，深怕嚇到這位學姐。

只見她撥了一下頭髮之後，停下了手上的筆，接著我便接觸到她的大眼睛，以及那精緻的五官。

我知道我天生對於這樣的女生有好感，應該說是，我天生就認為，這樣的女生就是人人口中稱羨的美女。但我不得不說，我眼前的女生，絕對是包括了我在內，任何人都會認同是美女，絕世美女。

「有什麼事嗎……？」我一時看傻了，反而是她主動開了口。

「喔……我想請問……要怎麼樣才能入社呢？」我輕聲問著，這時她反而是有點好奇的看著我的臉。

「這個……把這個表格填一填就可以了。」長髮女生在桌上拿了一份表格給我，於是我在她身旁坐了下來，開始填寫。

社辦窗戶外的雲層很低，我記得出門前媽媽的心情不是太好，她總是會抱怨天氣不好，連帶影響到她的心情也受影響。

我不敢插嘴，更不敢說出我心中的雀躍，因為我喜歡天氣陰陰的、我喜歡雲層低低的，更喜歡帶點細雨在空氣中，因為在這樣的天氣裡，我總是可以發生幸運的事情。

也許是因為這樣，我才選在今天來到英語話劇社辦理入社手續吧！

長髮美女和我比肩坐著，我不知道她在處理什麼文件，只聽到她的筆尖接觸到紙張上的「沙沙」聲，和我的筆尖碰觸到紙張上的「喀擦」聲，此起彼落像是在合奏一首樂曲般的和諧。

沒多久，忽然一個男孩子推開門走了進來。我抬頭看向他，不過我身邊的長髮美女依舊低著頭寫著她的文件，彷彿這世上外在的任何事物都與她沒有關連。

「不好意思，我想要入社。」男孩子的聲音很低沉，濃眉大眼的他，倒也挺符合這樣的聲線。

我轉頭看了一下旁邊的長髮美女，她看也不看地就從同一個地方又拿了一張入社申請書給我，示意我交給這個剛進來的男生。

於是，社團內很小的辦公桌上，我們兩個女生以及這個新來的男生，很擁擠地排成一列，努力寫著各自的文件。

在我完成了我的入社申請書之後沒多久，我看見最後進來的男同學也已經填好了表格，反而是那名學姐還在忙著她自己的工作，一時之間我和男同學都不好意思打擾她。

忽然，窗外的遠方傳出了一陣陣的雷響，由遠至近，好不駭人。我不自覺地臉上露出了笑意，這個笑容被旁邊的男生瞥見。

「妳喜歡雷聲呀？」

「也算……」

「什麼叫做也算？」

「就是說，我不是只喜歡雷聲，還包括了雲、雨、閃電……等，關於這種天氣現象，都讓我很愛。」我等著看這個男生露出很驚訝的表情，以及緊接著下來的驚嘆反應。因為就我的經驗來說，每個人聽完我這番話後，都會認為我的嗜好很怪。

「……不是吧！」男生果然驚訝地叫著。

這時候窗外開始下起了雨，一點一滴的小雨滴，淅淅瀝瀝落在戶外的樹葉以及走廊上，而這樣的聲音，我也愛。

「我也喜歡這種天氣！」沒想到，男生接下來說出的這句話，才讓我真正驚訝。基本上，我認識的朋友裡面，沒有人會喜歡這樣的天氣，大家愛的都是豔陽高照的好天氣。

我瞇起眼睛，有點懷疑這個男生的意圖。就一般人來說，會有這樣的反應不是想要討好我，就是打算開我玩笑吧？我知道，有些男生總是這樣，班上就有好幾個總是故意先附和妳，然後最後再澆妳一桶冷水。這種遊戲似乎讓他們覺得很有意思。

「是真的，妳看……」男生似乎看穿了我的想法，因此有點著急地把他手上的入社申請書拿給我看，我不懂意義何在，難道說，看一下他的入社申請書，我就可以知道他不是在開我玩笑嗎？

「雷……義夫？」男生的名字。我想，他是想要讓我知道，因為他姓雷，所以對於雷聲雨聲壞天氣也都有好印象？

「沒錯，大家都叫我雷公，我就喜歡這種天氣。」雷義夫笑了起來，在他五官深邃的臉上看到了這樣深刻的笑容，讓人打從心裡感覺很舒服。

「噗嗤，哈哈……哈……」我聽到他的解釋，不禁笑了出來，原來不是只有我因為自己名字的關係而喜歡壞天氣，在這世界上，也是有著相同個性的人呀！

「同學，有什麼好笑的嗎？」雷公說。

「因為……哈……我叫做沈芸芸。」我自然覺得有趣。

從小到大，上過自然科學之後，我就一直被同學叫做「積雨雲」、「捲積雲」之類，沒想到今天碰上了「雷公」，真的算是集自然景觀之大成了。

只不過，聊完天氣之後，我們兩個一時之間也沒了話題，只能靜靜地聽著窗外的雨聲由小至大，像是交響樂團般，由一人獨奏轉變成多人協奏；由優雅的Solo，一舉成為了澎湃的交響演奏。

長髮學姐在這個時候也停下了筆，抬頭看著，像是在細細欣賞著窗外的樂章。

一時之間，社辦內的三人都神往著窗外的天氣，巴不得出去淋一場雨，讓雨水恣意地拍打在我們身上。

忽然，社辦的門再度被推開，一名學長（我見過他在舞台劇上演出，但是忘了是什麼角色）走了進來。

「你們……都是要入社的嗎？」

「是的。」我赫然發現，異口同聲發出回應的人不是只有我和雷公，還包括了那名我一直以為是學姊的長髮美女。我和雷公兩個人側著頭看著她，她則是若無其事地給了我們一個微笑。

學長收回我們三個人放在辦公桌上的文件，開始一個一個唱名。

「雷義夫。」雷公立刻舉起了手。

「沈芸芸。」我也緊跟著揮手。

「最後，這個入社申請書會不會寫得太詳細了點？」學長好奇而仔細地看著那長髮女生的資料，上面幾乎寫滿了國字。

「林筱雨。」我看見長髮女生慵懶地舉起了手。這才發現，原來她的名字裡面，也帶著我愛的元素。

後來「林筱雨」這個名字不但成為了我日常生活中重要的符號，在學校內外的各種比賽或是考試的榜單上，更是出現頻率最高的三個字。

芸芸、雷公、筱雨，我們三個人如此巧合地在同一天加入了「英語話劇社」，更巧的是，我們三個人的名字，竟然不約而同和天氣扯上了關係。

當然，我當時絕對沒想到，我們三個人會在日後的高中生活裡面，組成了「壞氣候俱樂部」，也絕對不可能預料到這個團體，對我往後的日子產生了多麼大的影響……

第二話
生命中的第一個晴天

那一天下午，雲層很低，太陽就像是壞了鎢絲的燈泡，透不出半點光芒。

一個人走在文學院的教室外面，我這個身為大三的學姊，正因為答應了學妹的要求，打算在期中考前夕給她們來個大惡補。

坦白講，我沒想過我也可以扮演這種角色，以前在高中的時候，我和雷公都是倚賴筱雨來惡補的人，沒想到今天，我也可以成為小老師。

只能說，現在的大學生實在太不認真了。

看在今天這種天氣的分上，使我的心情大好，因此對於再怎麼樣無奈的情緒，我都可以一掃而空。然而一通電話打來，我開始對於會帶來好運的天氣改觀了。

「學姐，不好意思，我們今天不過去了，臨時決定要去唱歌了……」手機那頭傳來的聲音，正是我的直屬學妹凱蘿。

「喔喔，沒關係。你們去玩吧！等到確定要上課的時候再和我約。」我說。

「謝謝芸芸學姐！芸芸學姐最好了！」凱蘿在電話裡給了我一個大大的親吻聲，我面對這樣的小學妹實在沒轍。只不過這樣一來，我等於白跑一趟學校了。

看著天上的雲層，我算了一下今天的時間，禮拜三下午、筱雨沒課、雷公沒課，也就是說，如果現在下起雨來，「壞氣候俱樂部」就要聚會了啦！想到這，我不停看著雲層，然後腳步很自動地走往圖書館後面——那個鮮為人知的小草圃——通常只有我自己會到那個地方，那裡沒有什麼遮蔽物，是觀察天空是否會下雨的最佳場所。

然而今天似乎有人早我一步了。

在草圃的旁邊，站著一男一女，看起來正在為感情的事情爭論著。

「我不懂，為什麼你要和她出去？我也不過陪我媽出國幾天而已，你身邊就一定要有人陪伴嗎？」說話的人，是個穿著貼身牛仔褲的長腿女生，俐落的中長髮以及時尚的眼妝，在校園中幾乎像是個模特兒般的存在。

我再仔細看了看女生的臉，霎時間恍然大悟。

我認得她。

那是英文系的系花——Claire。還在學校的期間就已經常常接受電視媒體的採訪，好像是某個電視節目的固定班底，在學校裡面的人氣頗高。

「不是我身邊一定要有人陪，而是她希望我可以陪她走走。我不懂，我陪一個剛失戀的女生出去走走，這樣妳也有話說……」站在Claire面前的，是個擁有好聽聲音的男生，但是因為視角的關係，聲音的主人被Claire擋住了，讓我看不見男生的正面。

我有點好奇，因此乾脆就這樣躲在了草圃後方的柱子後面，聽這兩個人的談話。

「別人可以陪，但是你不行！」Claire 說。

「哈，我不行?原因是什麼?」

「因為你是晴天，你不可以和女生走太近，因為沒有女生不會喜歡上你！」

Claire 的聲音這時候聽起來有點急了。

「哈哈，妳真的是太抬舉我了。這麼說來，我身邊不就半個女性朋友都不能存在，如果這是和妳交往的條件，那我真的無法做到。」男生的聲音雖然溫柔，但卻很犀利。

「你怎麼這樣……你當初明明就說你喜歡我的……」我聽得出，Claire 的聲音帶了點哽咽。

這時候男生一把將 Claire 抱在了懷裡，雖然她一開始有點抗拒，但沒兩下之後卻也乖乖躺在了男生的懷抱裡。

「妳了解我的個性。如果妳不能當我女朋友，至少我們可以當個好朋友對吧?

妳總不希望分手之後，我們連見面都無法吧？」那個被稱為晴天的男生雙手緊抱著Claire，眼神卻像是眺望著遠方。只不過這時候聽著男生台詞的我，心裡不免咒罵了起來。

明明就是抱著想要和對方分手的念頭，卻還要把話講得那麼好聽，明明就是你趁著女生出國的時候，和別的女生出遊，你卻還要講得自己很無奈。我替Claire抱不平，一個條件這麼好的女生，根本沒有必要為了這男生如此難過，如果他想要分手，就趕緊分手好了，Claire一定可以很快找到比他條件更好的男孩子。

「……我知道了……我可能真的不適合當你的女朋友，我希望，你可以找到一個會讓你安心的人……」這時候Claire的反應倒是把我嚇了一大跳。

在聽完了Claire這段話之後，男生像是很滿意地點了點頭，緊接著兩人竟然就站在了草圃的旁邊，接起吻來。

我害羞地趕緊撇過頭去，這對於生性保守的我而言，可真的是夠大的刺激了。躲在柱子背後的我，一時之間很難了解Claire的心情。都已經分手了，還要來個

Goodbye Kiss！要不是這男人真的很好，就是Claire被愛情給沖昏了頭。

想著想著，我忽然看見Claire從我身邊經過，一邊擦著眼淚、一邊快步走出了草圃。

我探頭看了一下，那名男生這時候倚在了草圃的圍牆上，看著山下的景色，他的背影看起來像是解決了什麼麻煩似的，快意地眺望著遠方。

我躲在柱子後面，考慮著要不要走到草圃邊。畢竟，這裡是我最喜歡一個人看雲的地方，現在就算有別人來打擾，我似乎也不用因此就喪失自己的權利吧！

左右為難了幾秒鐘之後，我走近了草圃，那名男生依舊背對著我，看著遠方的天空。我不知道，他是否和我一樣，也喜歡雨天，也在期待低低的雲層，可以落下驚人的雨水。

我站在了他的身後，又不希望他覺得我是偷偷地，因此我刻意咳嗽了一兩聲。

「咳……咳……」

男生沒有回頭，依舊看著遠方。

「……妳都聽到了？」忽然，男生講出了一句讓我驚訝的話。

「……啊……這……」我嚇得不知所云。

「妳是 Clair 的朋友？」男生問。

「不是。」我說。

「所以不是來興師問罪的？」他問。

「不是。」

「那妳來做什麼？」

「……我來……我來這裡看雲呀！」我被他的問題問得有點無力招架，搞得好像這地方是我第一次來的樣子。

在進行這段對話的時候，男生一直是倚著低牆，看著遠方，連瞧也沒有瞧我一眼。這一點，讓我有點不太高興。

「那你為什麼要劈腿？就我看來，Claire 已經算是非常漂亮的女生了。」我也不知道為什麼我要針對這話題聊，可能是想要對抗這男生的不屑吧！

「就我看來也是如此。」他說。

「哼，你們男生就是這樣，都已經有這麼漂亮的女朋友了，卻依舊會和別人出去，死性不改。」

我一步一步往矮牆走去，我也想要像他那樣，倚著矮牆，看向天空，因為這本來就是我最常做的事情，今天是被他搶先了一步，才會搞得像是我在模仿他。不過，我可不會因此就失去我的初衷。

「或許是吧！但很多男生還是很好的，千萬不要因為我一個，就對全部的男生都打上叉叉唷！」這男生的聲音裡面帶著笑意，雖然我還沒看到他的臉，但我可以判斷得出，他是那種對於自己有著極端自信，不會擔心任何人用什麼奇怪眼光看他的人。

而我知道，我不喜歡這種男生。

當我走到了他的身邊和他一樣倚著矮牆的時候，我轉頭看向他的側臉。

「謝謝你的指導，我不會因為你這樣的人，就對全部的男生都……」當我的話說到一半的時候，我愣住了。

一來是因為這個人的側面好看得讓我無言，二來是他那有如韓國偶像般的五官上，正流著一滴又一滴的眼淚。

他的嘴角笑著，眼睛看著天空的雲朵，然而淚水，卻在他臉上滑動著。

我這時候才知道，他一直沒有正眼看我的原因為何。我似乎也感受到，為什麼Claire甘心為了他受苦。

遠方原本低沉的雲層，這時慢慢地散開，有那麼幾道光，從雲層裡透了出來。

今天不會是「壞氣候俱樂部」聚會的好時機，我知道，今天下午的天氣型態，叫做晴天。

我在今天，認識了晴天，這是讓我生命中第一個感到心情舒服的晴天。

第三話
聚會守則

如果要追溯第一次「壞氣候俱樂部」的聚會時間，應該要回到高二那一年。「英語話劇社」的公演結束之後，雷公對於自己在舞台上說錯了台詞，感到懊惱不已的那一天。我和筱雨在一旁看著雷公這麼一個大男孩，在後台當著大家的面落下了眼淚，自然是感到心疼，於是貼心的筱雨就約了我和雷公到她家去。

那也是我第一次走進筱雨的房間，一個比我整個家還要大的房間。

說是筱雨的房間，其實應該說是她的房子。筱雨他們家總共有三大屋體，從前面正門進來的話，先到前院，然後進入他們家的主房體，那是超過一百五十坪的豪宅。但是如果從後門進來的話，會直接接到筱雨的房間，也就是另外一棟數十坪的房子。這棟房子被稱做筱雨的房間，後來變成了「壞氣候俱樂部」聚會的場所。

我第一次進來時，並沒有被這寬敞的空間嚇到，因為我以為，這就是筱雨他們整個家的大小，當然事後知道了這只是她私人的房間時，我的嘴巴微微張開了有好幾秒鐘都闔不起來。

筱雨的房間是精緻而華麗的，不但有著鋼琴、書櫃、各式各樣的洋娃娃，還有超大的衣櫃，裡面也有著各種不同的衣服，只不過，每次見到筱雨，她都不會特地打扮就是了。

有時候我總是會想，以筱雨的美貌，再加上這一屋子的美麗衣裳，哪一天她覺醒了，可能會搖身一變，成為這世界上最美麗的公主吧！

筱雨的書房裡面放了幾張小男生的照片，雖然每一張都看不太清楚相貌，但是可以推測那大約是小學或是國中時期的小男生，短短的頭髮，在操場的跑道上跑著。我曾經問過筱雨那是誰，她只是淡淡地說：「我哥哥。」然後，就沒有下文了。

我知道筱雨在騙我，因為，認識她幾年了，從來也沒看過她家裡有什麼哥哥或是弟弟的，我心中的第六感告訴我，那是男女之間的過去，那個男生，應該是她曾經有過的一段感情，因為那幾張照片，是被她給珍藏起來的寶物。

只不過，筱雨從來不聊感情事。對她而言，學生時代就是讀書、學習、充實自己，然後拿下各種大型比賽的冠軍。

第一次到筱雨房間的那天下午，雷公還在為了自己的糗事流著眼淚，我雖然覺得自己第一次上台演得也不優，卻也沒有這麼大的挫折感。

「雷公，沒有那麼嚴重啦！況且我們的台詞都是英文，一般人哪聽得出來……」我安慰著雷公說。

「妳們不懂……我之前和妳們說的……我喜歡的那個人……有來現場……」雷公掩面繼續哭著，到了這一句話，我才懂了。

我和筱雨相視笑了一下，但一時之間，也不知道還能說些什麼。這時候，窗外傳來了低沉的雷聲，沒兩下，雨，下滿了我們四周。

雷公的眼淚，竟然因此停了，就像我們三個人第一次相識那天一樣，我們仔細地聆聽著雨水拍打著筱雨家屋頂的旋律，滴滴答答，滴滴答答……

筱雨在這個時候忽然提出了一個建議。

「雷公、芸芸，我們來組織一個『壞氣候俱樂部』如何？」筱雨說這些話的時候，眼睛裡面閃著光彩。

「壞氣候俱樂部？」我問。

「對呀！只要是我們三個人都有時間的情況下，沒有特別的事情時，遇到這種下雨天，我們三個人不管人在哪，都要盡力趕到這裡來聚會。」筱雨當時臉上的神情，大概是我認識她以來，最神采飛揚的一次了。

「然後呢？」雷公問。

「然後我們要趁著下雨的這段時間，分享彼此最近快樂的事情、難過的事情，那麼我們之間就不會有祕密，也可以互相安慰對方。」筱雨的笑容，很美。

「原來如此！就像現在雷公說出了他暗戀的對象有來看劇，而且雷公很糗一樣嗎？」我笑著說。

「別笑我了啦……」雷公也笑了，看起來，筱雨這招是有效的，因為，我們三個人都喜歡這種天氣呀！

一轉眼，那個第一次聚會已經是好幾年前的事情了，我、雷公和筱雨在高中畢業後，分別考上了不同的大學。筱雨不意外地考上了國內第一學府T大，而我也如願以償考上了心目中私立大學的文學院，雷公則是讀了一個我不知道將來可以從事什麼行業的私立大學社會系。

在經歷了小草圃事件後的某個周末，天空從一早就陰了，果不其然，下午大約兩點左右，雷聲，雨聲，相繼報到。

在筱雨的房間內，我和雷公也是相繼報到。

筱雨坐在鋼琴前面，優雅地彈著莫札特，雷公則是不停在筱雨的書房裡面來回走著，像是在尋找些什麼。

「筱雨，妳這邊……就沒有什麼星座、愛情或是兩性相關的書籍嗎？」雷公盯著書櫃納悶問著。

「要那個做什麼？」筱雨說。

「遇到感情問題的時候可以解惑呀！」雷公沒好氣的。

「雷公，你不會又遇到感情問題了吧？」我從他的話裡面嗅到了一絲詭譎。

「芸芸，妳真的太了解我了。」雷公作勢要抱我，我連忙伸出雙手阻擋。

「我又喜歡上學校裡的某個女生了……」雷公看著窗外說。

「拜託，你這幾年，到底是暗戀過幾個人了？」我真的有點無奈，因為「壞氣候俱樂部」成立的宗旨都有點快被雷公一個人更改了。

「我也不想呀……只是每次暗戀的對象，都不喜歡我……」雷公說話的同時，一直是背景音樂的莫札特停了下來。

「你有告白嗎？」筱雨開口了。

「有呀……」雷公不太甘願地說。

「對方怎麼說？」

「通常是說，我們是不同世界的人之類的。」雷公邊說邊癟嘴。

「那就是了呀！你一定總是喜歡不適合你的人，才不會成功。」筱雨說。

「喜歡一個人之前，難道還要看是不是適合的人才能喜歡嗎？不能夠因為喜歡，然後再來慢慢適應嗎？」雷公有點不服氣了。

「如果你真的喜歡那個人，難道你不希望她和一個適合的人在一起，這樣磨擦少、問題少、幸福更多，不是嗎？」筱雨難得對感情這事情發表了意見，我在一旁聽著他們兩個人的對話，倒也新鮮。

「可是，什麼叫適合？什麼又叫不適合？誰規定的呀！」雷公把玩著筱雨書櫃裡的書說。

「很多事情就是天註定的了。」筱雨忽然說出這樣的話，倒是令我驚訝。這時候，房門外傳來了敲門聲，緊接著我們就看到了被推開的門後面，站著兩位中年人。

熟悉的長輩，那是筱雨的爸媽。筱雨的父親一直都是國內排名五十大企業的知名企業家。

「伯父、伯母好。」我和雷公趕緊打招呼。

「芸芸，雷雷。」筱雨媽則是標準的貴婦，就連講話也是嬌滴滴，最喜歡稱呼雷公為雷雷，好像我們三個人都是他們的小孩一樣。

「筱雨，爸媽要出去一下。芸芸，你們就當自己家，好好玩。」筱雨的父親是經常上電視的企業大老，給人的形象總是嚴肅而強勢，只不過，在面對乖女兒的時候，那種作為父親的溫柔卻每每在小地方流露無遺。

「謝謝伯父伯母。」在我和雷公道謝完之後，筱雨的父母就離開了房間，留下了我們三人繼續討論未完的話題。

「總之，人呢，不要做不適合自己的事情、不要喜歡不適合自己的人，順便和你們說一下，上禮拜我參加學校的網球比賽，獲得了冠軍。這就是做適合自己事情的結果唷！」筱雨俏皮的對著雷公說，我們總是知道，她可以贏得各種比賽，只是沒想過，她的理論，竟然也套用在感情觀上。

「芸芸，妳最近如何？」雷公不想聽筱雨繼續炫耀，想要另開話題。也不知道為什麼，聽完雷公的話以後，我的腦海中直接浮現出一個男生的臉。

那個在草圃流著眼淚分手的男生。

不知道，我們是否算是適合的人呢？

窗外的雨依舊下著，這時候的我，還沒有意識到，我心中某種不知名的情愫，正迅速的擴散當中……

第四話 愛情天才

「學姐、學姐！」我一回神，看見了圖書館裡很多學生朝著我的方向看過來，顯然是學妹凱蘿叫我叫得太大聲了。

「怎麼了？叫這麼大聲幹嘛？」我不好意思地壓低著聲音說。

在這個期中考就迫在眉梢的當下，幾乎所有學生都湧進了圖書館，只為了把握最後時間衝刺。

「學姐，我叫了妳七、八聲了，妳卻像是出神一樣，我才會這麼大聲呀！」凱蘿也學我把聲音壓低了說。

我自己知道。

自從在草圃見過晴天之後，這一個禮拜裡，也在學校不小心碰到他好幾次。每見到他一次，我就覺得身邊的氧氣少了幾口，這不是什麼有益健康的好現象，但沒見到他的時候，我又有種「過度換氣」的不舒服感。

正打算回應凱蘿的話時，圖書館大片的落地窗外，走過了一個男生。簡單的藍色格子襯衫，搭著一條有點老舊的牛仔褲，腋下夾著幾本原文書，就這樣走了過去，不是晴天還是誰！

「學姐，妳認識他嗎？」冷不防，凱蘿忽然開口。

「見過面，不算認識。」我收攝心神，不想讓學妹看出身為學姐的我失態的模樣。

「我好想認識他唷！女生宿舍的人都說，他是戀愛高手，愛情天才。」凱蘿的瞳孔裡，像是浮現了心型粉紅色塊。我倒不知道，這個男人，在學校裡是如此有知名度。

「愛情天才？這種事情可以測量的嗎？哼，我看是愛情騙子吧！」掩飾自己心中的好感，最佳的方法就是詆毀他。

「不能測量呀！可是呀，女子宿舍裡曾經做過統計，幾乎有一半以上的女生都想要和他談戀愛。這些人都接觸過他，因此，愛情天才這個名號，就不脛而走了。」凱蘿說得嚮往，我聽得迷惘。

在我心裡面，真正的天才是像筱雨那樣的女生，對什麼事情都樣樣精通。愛情，這種事情也可以比較的嗎？

我和凱蘿說話的同時，晴天已經繞過了落地窗，走進了圖書館，然後走到了我們座位的面前。

我一抬頭，幾乎沒嚇傻。

「請問，下禮拜的周末有空嗎？」晴天的臉，靠得我很近，很近。他的聲音，基本上更是好聽，很好聽。

「請問有什麼事嗎？」我還來不及回應，凱蘿已經開口。

「這裡有五張票，是我們熱音社的成果展，就在期中考過後，希望可以邀請多一點人來欣賞。」晴天壓在桌上的手中，的確有五張票。

「好的，謝謝你！有空我就會和學姐一起去的！」凱蘿的聲音不知道從那一秒鐘開始，忽然轉變成一種很黏膩的撒嬌聲，聽得我的雞皮疙瘩不停出沒。

晴天微笑了一下，帥氣地轉身走出了圖書館，他身上有著一種男生的味道，不是什麼知名品牌的香水，但卻可以蕩漾在空氣中，久久不會消逝。

「沒想到……晴天學長注意我很久了！」晴天一走，凱蘿立刻又恢復成原本的聲音，只不過她那種陶醉的神情，看得我很是難過。

是注意凱蘿嗎？不是刻意來找我的嗎？我心中想的卻是這樣的問題。

好像，晴天會讓人都認為，他對每個人都有好感，和每個人都曖昧。這樣的男人，是好男人？我可不覺得。

我雖然承認他是個很有魅力的男生，但是想到他對 Claire 的態度，我就不能接受。只不過又想起了他流下的眼淚，我又感到心疼。

「啊啊啊……」我忽然抓起了自己的頭髮，這突如其來的舉動，明顯驚嚇到坐在我身旁的凱蘿學妹。

期中考的這個禮拜天氣一直很好，當然，這也讓我們「壞氣候俱樂部」的聚會停擺。雖然說，我們並沒有規定，晴天就不能聚會。

在考完了最後一科的時候，我心情大好走出了文學院的教室，陽光整片灑在了我的身上。我的眼睛，因為陽光過度刺眼而睜不開來。

畢竟，大晴天還是不適合我呢……我心裡這樣想著。忽然，一種人聲雜沓的聲音從遠至近傳來。

「學姐、學姐，妳考完了嗎？」我用手掌擋住了從上至下的陽光，勉強認出了來人，也就是期中考前找我惡補的學妹凱蘿。

「考完了呀？怎麼了？」我看著凱蘿身後站著三個學妹，印象裡面，那都是我們系上的學生。

「那個呀……票！」凱蘿不停地揚著眉毛，深怕我把那五張票給弄丟了，我這時才從容地從包包中拿出。

「妳們呀，考試到底有沒有考好呀，只顧著記這種事情。」我有點無奈地將票遞給了凱蘿，她一把抓住，其他幾個人跟在她身後，轉頭就打算離開。

「學姐，別忘了明天晚上七點唷！」凱蘿臨行之前沒忘回頭，我這才發現，原來五張票裡面包含了我，但我原本只是打算幫忙她保管票，以免他們分神的。

站在原地的我，傻傻看著學妹們奔走的背影，或許，在豔陽天下的聚會，會有著不同的樂趣？

禮拜六晚上六點半，我猶豫著要不要出門去赴這個約。我不想要讓人家覺得我很好約，但事實上，我又真的很想要去看看晴天。畢竟我認為，「過度換氣」比起少了幾口氧氣來得更難過了些。

我穿上了上個禮拜在百貨公司買的日式罩衫，也稍微畫了一點妝，雖然雷公老是嘲笑我，素顏比化妝來得好看很多，但我認為，都已經大三了，出門不妝扮一下，實在有點不太禮貌。

在我花了大約半個小時整裝之後，搭車來到了學校的表演廳，門口已經是人山人海，甚至很多人根本沒有票，抱著僥倖的心態，想試著偷擠進去。

其實，在學校裡我幾乎不參與這類活動，自從高中玩了幾年社團之後，我就寧願大學生活過得輕鬆點，因此面對了這樣的場面，我頓時有那麼點不自在。

忽然在人群之中，我的手腕被緊緊地一把抓住。

「學姐，這邊！」凱蘿拉著我，穿過了重重的人群，擠到了入口處。我看到了昨天那幾個學妹，每一個的妝都是我的五倍之厚，我想……我在家裡的顧慮，真的是多餘的了……

驗了票之後，我和四名學妹衝進了表演廳，全場觀眾早就擠得水洩不通，齊聲叫著我聽不清楚的口號。

「他們在喊什麼呀？」我大聲問著凱蘿。

「我愛晴天、我愛太陽樂團，我愛晴天、我愛太陽樂團！」我分不清楚凱蘿是在回答我，還是跟著融入了大家的齊唱中，不過我總算可以從凱蘿的口中，分辨出全場吶喊的口號了。

忽然，場上的光束一打，全場的口號消失，取而代之的是失控的瘋狂尖叫聲，我一度懷疑自己失去了聽覺，因為現場吵得我完全聽不見自己的聲音。

舞台上，四、五個男生從後台隨性地走了出來，分別走向了自己的樂器面前，一名男子走向了麥克風前，其中也包括了晴天。

晴天最後一個出場，這時全場的歡呼聲幾乎到了一個最高潮，接著他拿起了場上的吉他，刷下了今天晚上的第一個音符。

我的心臟，隨著鼓聲被挑得越跳越快，快到失去了規律。在慢慢恢復冷靜之後，我才了解他們的團名是「太陽樂團」，主唱就是叫做太陽的大四學長，而晴天，則是這個樂團的第一吉他手。

就我聽流行音樂的經驗來看，通常樂團受歡迎的，一定是主唱，很少人會對其他樂手著迷。只不過，太陽樂團顯然不是如此。雖然整場的音樂都很激情，但是對於觀眾來說，每個人的心中，似乎另有期待，就好像動畫或遊戲裡面有什麼隱藏角色要登場般的神祕。

時間過了一個小時左右，在某一首重節奏的表演曲目後，主唱太陽，揭開了這個我心中的疑惑。

「大家期待已久，太陽樂團的核彈級表演，在此展開！讓我們歡迎吉他手——晴天！」隨著太陽拉長的音調，全場陷入了另一波極端的高潮，我這才知道，原來晴天也會唱歌？

一盞聚光燈集中在晴天的身上，我看見他熟練的指法在電吉他上敏捷地跑著，音樂就像是他指揮的軍隊一般，靈巧地在整個表演廳裡面，竄著。

前奏結束過後，晴天開口唱出了第一句歌詞。我承認，在聽到他的歌聲時，我願意在那個當下，答應這個男人對我的所有請求。

我腦中，整場演唱會的記憶，只到這個段落。等到我回神時，已經是被凱蘿，扯著，在散場人群中衝擠著……

那叫做愛情天才嗎？我認為，晴天擁有的魔力，遠比「天才」兩個字可怕……

那是會魅惑人心的才能……

至少，魅惑了我的心智……

第五話 心理遊戲

凱蘿是我日文系的學妹，我也許沒有仔細看過她的五官，但是當她在演唱會結束後的第二天上午，跑到我上課的教室外面等我時，我忽然端詳起她來。

她的眼睛很大、鼻子高挺而秀氣，還擁有一個形狀很美的嘴唇。我一直認為她早就有男朋友了，結果並不是如我所想。

「學姐，我們約到了！」凱蘿一看我走出教室就興奮地說。

「約到什麼？」我反問。

「太、陽、樂、團！」凱蘿一說完這四個字就自己忍不住偷笑了起來，我則是一時之間搞不清楚她的意思。

「約到太陽樂團?昨天表演的那幾個人?」我問。

「對呀!包括了主唱太陽、吉他手晴天,還有貝斯手總共五個人。」凱蘿高興地幾乎快要跳了起來,但我還是沒搞懂。

「所以呢?」我冷冷地。

「所以學姐要和我們一起去呀!他們五個人,我們剛好也是五個人。」凱蘿總算是說出了她的企圖,這下子卻讓我心裡有點拿不定主意了。

……和晴天聯誼?

「我不一定會有時間呀……」我推託著。

「不管啦學姐,這禮拜五晚上七點,校門口旁的『氣象圖餐廳』,我已經訂好位子了。」凱蘿說完之後,拍了一下我的肩膀,留下了燦爛的笑容之後,離開了我的眼前。

要去嗎?我心中徬徨著,然後腦袋像是放空了似的,腳步不自覺地移動,往學校門外走去,好死不死,晴天,就站在那裡。

我和晴天隔著一條馬路，我清楚看見，他向我點頭，很有禮貌的。我也正打算點頭回應他的時候，我們之間，出現了一輛公車擋住了彼此的視線，就這麼幾秒鐘過後，公車離開了，晴天也消失了。

還是……應該去吧……我想。

「氣象圖餐廳」位在我們學校的外側，餐點的價位稍微高了點，因此平常學生們是不會走進來用餐的，通常是有特殊的聚會時，才會到這個地方來。

我到的時候，五個男生與四個女生已經面對面坐在長型木桌上，熱烈地聊起天了。一看到我靠近，凱蘿立刻站了起來向那五位男生大聲介紹。

「各位，這位是我的美麗學姐，沈芸芸。你們看，長髮飄逸的她是不是很有氣質呢！」凱蘿的介紹詞讓我有點難為情。

「學姐，坐。」因為我晚到的關係，因此也只剩下了一個座位，而坐在我對面的男生，並不是我想要見到的晴天，而是那位大四的主唱——太陽。

太陽留著一頭長髮，耳朵和眉毛上都穿刺著飾品，手臂上也滿是刺青。猛一看，是有點嚇人。

「喝啤酒嗎？」太陽的聲音沙啞得厲害，我一聽到立刻回想起當天演唱會的氣氛，果然，搞樂團的人，嗓子就是不太一樣。

「不喝……」我不是不喝酒的人，只不過在這樣的一群人面前，我總覺得不喝酒是比較好的一種選擇。

凱蘿就坐在我的旁邊，而她面前自然就是吉他手晴天。這讓我十分相信，凱蘿的目標十分明顯。

「晴天學長，我可以冒昧地問你感情上的問題嗎？」凱蘿說。

「說呀。」晴天的聲音和那天我在草圃聽到的一樣好聽。

「人家都說你甩掉 Claire 學姐，我可以請問為什麼嗎？因為 Claire 學姐人又漂亮又聰明……」凱蘿問出了我心中想問的問題。

「個性不合，更何況，交男女朋友最重要的不是外表對吧？難道妳認為外表很重要嗎？」晴天微笑著說。

「不重要！那你喜歡什麼樣的女生？」凱蘿說。

「開朗，我喜歡像我一樣開朗的人。」晴天說話的時候，聲音裡就像是飄浮著調情因子，不停地逗弄著凱蘿，聽得我很不自在。

忽然一雙手在我的面前不停地舞動著，我回過神來，發現太陽正伸著手在我眼前擺動著。

「芸芸，妳還沒回答我問題！」我尷尬地看著太陽，嘴巴很直覺地說了幾個字。

「我也喜歡開朗的人。」只不過我話一出口，就知道出問題了。太陽戴滿著金屬飾品的手臂停止了擺動，我發現，凱蘿也斜眼看了我一下。

「呃……我是問妳……想要喝什麼？」太陽把身子往後一躺，似乎覺得很無奈，我則是低著頭，尷尬地不知道要說什麼話。

整個晚上，我陷入了靜音模式當中。

聚會結束後，樂團的五個人問著我們五個女生住處的方向之後，各自分配了男生送女生的安排，我知道凱蘿一定是希望晴天送他回家，只不過這時候的晴天卻說出了令人意想不到的話。

「我和芸芸的方向一致，我送她好了。」我不知所措地沉默著，凱蘿卻大方地出乎了我意料之外。

「好呀，晴天學長，芸芸學姐就麻煩你了。」凱蘿說完話之後，和晴天眨了個眼睛，我不禁懷疑，凱蘿是否在撮合我們兩個。

「沒問題。」晴天和大家打完招呼之後，我們兩人便朝我住的地方走去。

「妳要搭公車還是走路？」晴天問。

「你真的是住這個方向嗎？」我略帶點懷疑。

「不是。」晴天回答的也很快。

「那幹麼不送凱蘿回去？我知道她希望你送她回去。」

「那妳不希望我送妳回去？」

「……」我無言了。

原本搭公車十分鐘就可以到的路程，晴天陪著我，足足走了快要半個小時才快要走到我家，而且沿路上因為我的尷尬，兩個人之間幾乎沒有什麼對話。

「前面那裡就是我家了。」我不希望晴天走太近被家裡人看到，畢竟也不是男朋友也沒什麼特別關係，還要解釋的話，很累。

「妳剛才說的是真的嗎？還是只是為了說給我聽？」晴天忽然說了沒頭沒腦的話。

「啊？」

「妳不是說妳喜歡開朗的人嗎？像……我那麼開朗嗎？」晴天這時候的眼神，溫柔到可以瓦解任何我對外的防護罩。

「你偷聽到了？」我說。

「應該是說妳偷聽到了我和凱蘿講話吧？」晴天苦笑著。

「不好意思……」我覺得很窘，因為的確是我偷聽他和凱蘿講話，而且這已經不是第一次了，之前在草圃的時候……

「所以呢？妳還沒回答我的問題。」晴天溫柔的眼神持續不斷地融化著我的二層防護罩。

「是呀，我是喜歡開朗的人……」我把頭別了過去，不敢繼續看著他的眼睛。只不過，這時候的晴天忽然沉默了，他抬頭看著我剛才指向的我家的方向，我不禁偷偷又瞥了他一眼，發現他的眼睛裡像是充滿了困惑。

「果然……開朗的人比較容易受到青睞，對吧？」晴天這句話有點自問自答，原本溫柔而陽光的表情，轉瞬間就像是壟罩起薄霧般的迷惘。

這就像是當天在草圃說著他和 Claire 的感情時，雖然充滿自信，卻又流下眼淚般的衝突，我可以感受得出，晴天的內心，有著不為人知的苦。

不知道哪一種腺素的激增，我的體內此時產生了異樣的變化，我沒預警地拿出自己的手機，遞給了晴天。

「給我你的手機號碼，下一次我就可以不用偷聽你講話，可以直接讓你講給我聽。」我發誓，我這輩子從來沒有主動要過男生的電話號碼，可是在晴天面前，這一切卻是那麼地理所當然。

晴天的嘴角，微微地，笑了。

第六話
曖昧的頂點

那一天晚上之後，我的手機裡，多了一組電話號碼。我之前從未曾意識到，一支手機裡可以存放多重要的機密檔案，但是晴天的電話號碼加入之後，提升了這支手機在我心中的價值感。

常常在上課的時候我會拿出手機，開啟通訊錄，查看一下這個電話號碼有沒有消失，或者是試圖利用這個號碼，傳出幾個簡訊，嘗試看這號碼的正確性。

「學姐。」忽然一句從凱蘿口中發出的聲音，嚇得我差點連手機都拿不穩。

「怎麼了?找我有事嗎？」我趕緊把手機收起來，以免讓凱蘿知道，我已經擁有了晴天的號碼。雖然事實上，也不會有人拿我的手機去檢查……

「也沒什麼，我心情不太好……」凱蘿可愛的五官上，出現了難得一見的憂愁，看得這個身為學姐的我也憐惜了起來。

「怎麼了嗎？」

「也沒什麼啦……就是那個晴天……」凱蘿說到了晴天的名字之後，讓我整個人像是被電極了一般。

「怎樣？」

「那天晚上之後，我明明有留電話給他，可是他都沒有回，而且我問了他們系上的人，發現他已經好幾天都沒來學校了……」凱蘿說得難過，我聽得也訝異。

不會是生病了吧……

「沒事啦，凱蘿，他又不是小孩子，不會有事情的啦！搞不好晚一點，他就會打給妳也不一定。」我在說這些話的同時，手上緊緊握著口袋裡的手機，。

接著凱蘿又說了一大堆無關緊要的話，無非就是想說明她只是關心晴天，不是喜歡上他的一些解釋話語，但我的腦中，已經容納不下她說的話了，我心裡只是在祈禱著她能趕快離開，我好撥個電話給晴天，詢問一下狀況。

只不過，當凱蘿真的抱怨完畢，留下我一個人在教室裡頭時，看著電話號碼，我卻又心生恐懼。

「該不該打給他呢？」在我想了半天之後，我決定，先傳一封簡訊，試探看看他現在的情況為何？

「親愛的晴天：最近天氣多變化，希望你沒有受涼了，因為我還想要多聽聽你講話。芸芸。」在遲疑了十三分鐘左右，我總算是按下了「傳送」鍵，然後忐忑不安地緊握著手機。

一分鐘、兩分鐘、五分鐘、十分鐘、半小時過去了，我一個人坐在文學院的教室裡面，並沒有聽到任何原本期待中的簡訊鈴聲。

一直到了窗外出現了黃昏，我才意識到時間已經晚了，趕緊收拾自己的背包，走出教室，準備回家。

感覺一直沒有停過。

我的手一直緊握著手機，深怕手機發出的聲音我沒有聽到，又擔心手機這個時候出了問題，沒有聲音。因此我不斷地檢查，看看到底有沒有晴天的回應。

答案是，沒有。

一直到了晚上十點鐘左右，我的手機一直都是安靜、慵懶地躺在我的書桌上。只不過，那天晚上晴天的神情、在草圃邊上的眼淚，卻讓我的心情起伏不已。

我得要打電話關心他一下，也許他正等待著誰去解救他的心情。

深吸了一口氣之後，我鼓起了勇氣，不再停頓，開啟了通訊錄，找到了晴天的電話號碼之後，立刻按下了「通話」鍵。

接通了電話之後，我的心臟跳得很快，似乎聲音就在我的耳邊一般清晰。

「喂？」忽然，晴天的聲音出現了。

「喂，我是芸芸，你還好嗎？」我會這樣問是因為他的聲音聽起來，並不像之前那樣有精神。

「嗯……」晴天沒有正面回答，但，聽得出來那聲音裡，夾雜著哽咽。

「你沒事吧？不要嚇我……」我緊張了起來，晴天流眼淚的景像，立刻在我腦海中浮現了出來。

「……可以……來陪我嗎……？」晴天無力地說。

「嗯，你在哪裡？」我心急如焚，晴天隨後立刻說了他的住處，我掛上電話，拿了件外套就往外面衝。

千萬不要有事呀！我不知道晴天會有什麼事情、也不知道我在緊張什麼，現在回想起來，就連小時候我養的小狗呼嚕要過世的時候，我都沒有這麼著急過。

搭上計程車，十五分鐘後我抵達了晴天的宿舍。按下電鈴，門自動被打開了。

我走進了這個房間內，裡面燈光有點昏暗，但是空間不算小，有一張雙人床、音響、兩把電吉他，以及一些男人的衣物。

晴天躺在了角落裡，那是光線照射不到的地方。我稍微走近了一點，可以看見他的身邊擺了幾瓶空酒瓶，接著我就聞到了他身上傳出的酒味，相當濃郁。

「你沒事吧？」我說。

「沒事……沒事……」晴天的鬍渣很清楚，看得出來這幾天他應該都是窩在這個地方，沒有出門。

「有什麼事情不開心嗎？」我問。

「沒事……沒事……」晴天說到第二個沒事的時候，忽然抱著頭痛哭了起來，我不明就裡，只不過看著他這麼難過的樣子，我的心更加不好受。

「不要這樣……不是沒事嗎？」我試圖更靠近他一點，伸出了手放在他的手背上，晴天這時哭得更厲害，全身抖動著讓我不敢動彈。

「我不想傷害人……我對不起Claire……」晴天一邊哭，一邊說著含糊的話語，我這時候才知道，原來對於讓Claire難過這件事情，他比誰都還要不開心。

「我知道、我知道，你不要難過了……」我的手緊緊握住了晴天的手掌，這時他才似乎有比較平靜的跡象。

我趕緊看向四周，發現了在書桌上的衛生紙，趕緊整盒拿到了晴天面前，而這時候他才比較冷靜下來，擤了擤鼻涕、擦乾了眼淚，然後失神地看著我。

我被他看得有點不自在。

因為這時候我才意識到，我們兩個人處在一個房間內，對女孩子來說，這實在不是一件聰明的事情。

而且如果讓凱蘿知道了的話，我真的是跳進黃何也洗不清了。

「為什麼妳會來？」晴天恢復了冷靜，聲音又像之前一樣好聽了。

「沒為什麼呀，只是關心朋友罷了。」我不太自然。

「普通朋友？」晴天問。

「普通朋友。」我說。

這時候，一直倚靠在角落的晴天忽然用手撐著地，做勢想要站起來，動作很慢，卻很性感。

「普通朋友可以做些什麼？」晴天緩緩靠近我。

「普通朋友可以互相關心、互相依靠。」我並不感到害怕，雖然我知道，可能，有什麼事情要發生了。

「我可以依靠妳？」晴天在我面前很近的地方坐了下來。

「你可以依靠我！」我的耳根子有點漲紅。

接著，晴天在我的正前方伸開了雙臂，緩緩地、緩緩地將我的身體，往他的懷抱裡抱。越來、越緊，越來、越緊……

這時我的呼吸越來越急促，而晴天的口鼻，就在我的頸間喘息著，我可以感受到他的氣息，就直接拂過了我的耳朵、我的下巴，甚至他的嘴唇，無意間地滑過了我的脖子，這讓我全身的力氣和理智，剎那間隱形了。

晴天稍稍地將抱住我的力氣減弱，這讓我的臉和他的臉之間重新拉開了一點距離，我當然知道，那是一種調整，一種可以讓他的嘴與我的唇更容易碰觸的挪動。

我的心跳在這時鼓動地幾乎快要控制了我身體的律動，然而我卻還是任憑晴天的臉，更貼近我。

那天晚上，晴天和我接了吻。我……失了神……

第七話 循環

雲層看起來越來越厚、越來越低，感覺上，就像是整塊整塊的水泥即將要從天而降了，我生平第一次，希望天空不要降下雨來。

只不過，事情，尤其是大自然，通常不會按照我們人類的想法行進。

在第一滴雨水落下的半小時後，我的手機，響了。

「芸芸，在哪裡呀？怎麼沒有過來？」電話那頭，是雷公的聲音。

「喔……我在家裡，身體有點不舒服……」在講這句話的時候，我的身體，的確有著某種外物的干擾。

「這樣呀，好吧……想說很久沒聚會了，我都已經在筱雨的房間了……」雷公說。

「不好意思，今天我可能不過去了……」

「好吧，沒關係，身體保重唷！」雷公掛掉了電話，我則是推開了晴天在我身上游移的手。

「我在講電話啦。」我知道，我的口氣裡面，是帶著喜悅的。

自從那天晚上之後，我就常常因為晴天的一通電話，來到了他的住處。我喜歡我們兩個人黏膩在一起的感覺，甚至到了任何外務都不能干擾的地步。即便這個下雨的午後，我應該前往「壞氣候俱樂部」和好友相聚，我都因為他，留在了這個房間。

「有約？」晴天問。

「嗯，不定時的約，只要是下雨天，我們幾個好朋友就會見面。」我說。

「這麼神奇？」晴天似乎感到很驚訝。

「嗯，我們三個人都喜歡雨天。有雲、有雨、有雷聲的日子。」我笑著。

「那麼……會聚會到雨停嗎？」

「差不多，除非太晚了，否則我們不會太早回家。」

「那，如果傍晚還是這樣的天氣，妳就去聚會吧！我不希望剝奪妳的自由。」

晴天的眼神依舊溫柔，我很難不相信，他這句話背後會有什麼企圖。

但事實上，我是寧願待在晴天身邊的。

只不過，如果男生都已經說了這樣的話，對於戀愛經驗鮮少的我而言，是不是應該照著他講的去做，才不會讓他認為我過於黏他呢？

「這樣嗎？」我遲疑了。

「沒問題的，別擔心我，我一個人也可以吃飯。」晴天露出一貫的笑容，我當然沒什麼好懷疑。

「嗯。」我點了頭。

畢竟，「壞氣候俱樂部」已經有好一陣子沒有碰頭了。

天色漸漸變暗了，天氣也如同晴天說的一樣，依舊陰雨。我收拾一下背包之後，和晴天來了個深深的擁抱，帶著些許不甘願的心情，走出了他家。

還好，看到了一滴滴的雨水，我的心情立刻好轉了起來，更何況，我交了一個男朋友的這件事情，如果讓「壞氣候俱樂部」的另外兩個人知道了，他們肯定開心地不得了。

搞不好，會刺激到那個每次告白都失敗的雷公先生呀！

心情愉悅的我，三步做兩步地小跑步上了公車，往筱雨家只要二十分鐘，我相信，雷公和筱雨應該還在家裡等著我。

隨著越來越接近筱雨家的時候，赫然發現，車窗外的雨水也漸漸減少了起來，我的心中苦笑著。假如說，到達筱雨家的時候，雨已經停了的話，我相信筱雨的房間內，應該是一個人影也沒有。

不久，我到達。天已經黑了，雨也已經停了。我打了手機給筱雨。

「筱雨，你們還在嗎？」我問。

「啊……妳來了嗎？雷公走了，我也出門去上課了耶……」

「沒關係，那下一次見面再說。」

「說什麼？」筱雨很敏感地掌握住我話中的訊息。

「沒事，下次說、下次說。」我的腦中立刻閃過了另外一個想法。既然雨停了，就代表我應該去找晴天才對，如果他還沒出門吃飯，有我的陪伴他應該會更高興。

我趕緊跑到了馬路對面，坐上了同樣一班公車，準備回晴天家給他一個驚喜，為了製造更大的衝突感，我傳了封簡訊給他。

「親愛的晴天，我和朋友們見面了，不知道你吃飯了沒？」我按下「傳送」鍵。沒多久，晴天就回覆了。

「我還沒吃，但不用擔心我，晚一點我會出去覓食的……晴天。」看著晴天的簡訊，我立刻在公車行駛中的某一站下了車，然後買了熱騰騰的牛肉麵，那是我相信晴天會喜歡的食物。

然後我再度回到了同一線的公車上，希望可以在晴天出門之前趕回他家。就在快要到達他家的前一站，我再度傳了一封簡訊。

「去吃了沒呀？我怕你餓肚子呢！」我已經開始想像，晴天看到我帶著食物來找他時，他那燦爛的笑容。

「還沒吃，晚一點去……」晴天這次的回答比較簡短，但我得到了我要的答案，況且，公車已經開到了接近他家的那一個站牌前。

我迫不及待打開窗戶看向晴天的家，卻發現，兩個我很熟悉的人影，正和我搭的公車反方向走去。

我懷疑我看錯人，幸好這時候公車已經到站，我連忙下車，往回走，就看到了剛才在車上瞧見的兩條人影，正親密地走在馬路上。

我的腳步越走越快，和前面兩人之間的距離也越來越短，直到我走在他們身後不到一公尺的距離時，我相信，我眼睛裡面的影像，是真實的那兩個人。

晴天，以及凱蘿。

也許是我的腳步聲、也許是我的呼吸聲吸引了凱蘿的注意，先回過頭發現我存在的人是我這個好學妹，凱蘿。

「學姐，妳怎麼在這裡？」從凱蘿的表情上，我可以推斷得出，凱蘿並不知道我和晴天最近的來往，但是晴天的表情讓我不敢置信，他一副就是看到了一個普通朋友般的態度。

「芸芸，妳來了呀！我們要去吃飯，妳要去嗎？」晴天從容得讓我說不出話來，我多麼想拿出手機裡的簡訊，告訴凱蘿，「妳不知道我和晴天在交往嗎？」凱蘿看著我啞口無言的表情，顯然有了她自己的解釋。

「學姐，不好意思，我都沒有跟妳說。上一次跟妳訴苦完之後，晴天真的就和我聯絡了。那次之後，我們就常常一起出來吃飯之類的……」凱蘿湊到了我的耳朵邊，像是在公告自己的戀情般，那樣嬌羞。

然而我的耳朵裡面接受到的，卻不是如此甜蜜的宣言，反而有如雷公在天上憤怒的激情，不停拍打著雷鼓似的刺耳。

晴天瞧了一眼我手上拿的牛肉麵，嘴角斜斜上揚著。

「看來妳已經買了自己要吃的東西了，那我們就不找妳去吃了唷！」晴天看著我，我看著他，我知道自己心中的情緒，已經接近崩潰的地步。

從凱蘿說的話聽起來，在那天之後，晴天同時進行的交往並不是只有我而已，還包括了凱蘿，然而這一幕，這樣的心情，我怎麼好像在哪裡見過？是在H寫的小說裡？還是發生我周遭的人身上？

「學姐，那我們先走了唷！」凱蘿拉著晴天的手腕，開心地和我揮著手，越走越遠，留下了我一個人，提著一碗牛肉麵，站在了公車不停呼嘯而過的大馬路邊。

忽然，雨水在這個時候又落下了……

滴在了我的額頭上、我的手背上、我手中的那袋牛肉麵裡，慢慢地塑膠袋裡積滿了水，我脫力的手指頭，再也提不住這碗不知所謂的晚餐，塑膠袋沉甸甸地砸在了柏油路上，湯和雨水，混雜在柏油路旁的泥巴裡……

我開始體會到，人生中的每一天，並不是只有晴天、雨天，兩種選擇……

第八話
殊途同歸

距離我碰見凱蘿和晴天的那天晚上也不過三天的時間，一大早起床，我就已經看見窗外陰雨綿綿。

今天沒課，只不過，我的心情並沒有因為下雨天而好過太多。或許不只是因為被晴天的背叛，或許還因為我終於了解到晴天在愛情裡的習慣。

回憶飄到了昨天晚上的那通電話。

正當我還在因為晴天的事情神傷之時，半夜一點左右，學妹凱蘿的來電，劃破了我房間裡的寧靜。

「學姐……」凱蘿哭了，我聽得出來。

「怎麼了？怎麼了？」我本能以學姐的身分，希望給凱蘿一個溫暖的依靠，不過直覺反應卻是，凱蘿可能是打來向我道歉的？

「學姐，我好喜歡他，可是……怎麼會……」凱蘿的情緒顯然非常低落，哽咽到每一句話都說不清楚，說不完整。

「妳慢慢說……」

「我好喜歡他，可是，他為什麼還會和別的女生在一起，明明我們兩個人一起的時候，感覺那麼地好……」凱蘿說的話，深深直擊我的心，因為那就像是有人拿麥克風走上台幫我說出我心中的話一般。

然而，同時間我也了解了，晴天做的事情不是只針對我，包括了凱蘿、Claire，那段我似曾相識的劇情……

「妳有問他嗎？問他為什麼要這麼做？」我說。因為這也是我心裡最大的疑惑。

「有呀，可是他哭了，我真的好捨不得看到他流眼淚，於是我就問不下去了……我相信，他有他自己的苦衷……」聽到這裡，我都分不清楚凱蘿是因為被劈腿難過，還是因為看到晴天流淚難過了。

苦衷？我心裡響起了嗤之以鼻的笑聲。我看過他的眼淚，如今這樣聽起來，那都只不過是一種藉口、一種保護自己的動作罷了。

「芸芸，妳有沒有在聽呀？」忽然間，我意識到，我的人已經在筱雨的房間裡，已經一如往常在下雨天，出現在「壞氣候俱樂部」的聚會。

「聽？有呀，你在說你告白又失敗的事情嗎？對吧？」我略帶尷尬地笑。

「拜託，我還沒說這個啦！雖然我的確在上個禮拜又告白失敗了，但是，我剛才不是說這個，我是問妳期中考考得怎樣？」雷公沒好氣的。

正在電腦前面快速打著字的筱雨，這時候也像是想起了什麼事情似的，故做不經意地問我。

「芸芸，妳上一次在電話裡頭不是說，有什麼事情要說嗎？」芸芸打字的速度飛快，鍵盤此起彼落的聲音宛如鋼琴聲般清脆而悅耳。

「沒……沒什麼事情呀……倒是筱雨妳在忙什麼？」我希望能夠把話題轉移，只不過，在筱雨這種人的面前，基本上是很難逃得過的。

「我在翻譯某一本美國小說，賺賺外快。芸芸，別忘了『壞氣候俱樂部』成立的宗旨唷！不然的話，就失去意義了。」筱雨可以一心二用，一邊快速翻譯，一邊還能夠逼我說出我心中的煩惱，真可謂天才。

我發現雷公也看著我，像是在期待我說些什麼，但我真的擔心，在這兩個好朋友面前，講到感情的事情的話，我有可能會飆出眼淚來，這樣真的很不好看。

「……我，前一陣子，交了一個男朋友……然後，被甩了……」於是，我用了很簡單的文字，描述著很複雜的心情。

「對方是誰？怎樣的男孩子呀？」或許是我鮮少提到和男生交往的經過，雷公顯得有點好奇。

「一個玩樂團的男生……」我低著頭。

「樂團？你們學校的樂團嗎？不會是那個『太陽樂團』吧？」雷公說。

「就是裡面的吉他手……」我的頭更低，因為我沒想到，他們竟然連外校的學生都聽過。

「太陽樂團的吉他手，不就是人稱『愛情天才』的周晴天嗎？」我沒想到雷公連這個都知道，然而當雷公提到了「愛情天才」四個字的時候，筱雨的鍵盤聲，停了下來。

「你怎麼都知道？」我驚訝地說。

「你們學校的『太陽樂團』在北部相當有名啊！據說連T&D都曾經邀請過他們參與演唱會的表演。那個晴天的感情事蹟，更是遠近馳名，聽說他不追女孩子，但身邊總是女伴不間斷。而且，如果是女生主動追求他的話，他也都不會拒絕，是出了名的情場高手。」雷公這時候看起來有點像是SNG連線的記者。

「原來……」

「不會吧，妳和晴天交往了？」我點了頭。

雷公繼續問，「然後被他甩了？」我又點頭。

這時候我的眼眶已經微微地濕潤了。

「適合嗎？芸芸，妳覺得妳們兩個人適合嗎？」筱雨這時候冷冷地說，就像每一次雷公告白失敗後，一定會被問的問題一樣。

「不適合……」我搖著頭，雖然內心裡很不想承認。

「又來了，筱雨，妳沒談過戀愛，妳不懂啦！就算不適合，但是還是會喜歡呀！這種事情就不是考試或是比賽，不是說答案是什麼，就一定會那樣做的呀！」雷公連珠炮的反駁著筱雨。

「如果不適合芸芸，就算現在勉強在一起了，哪一天也是會分手，更有可能造成更大的傷害，所以說，一開始知道不適合，就不需要在一起，這樣反而是好的結果，不是嗎？」筱雨一貫的理論。

「可是難道就不能說，先喜歡上之後，然後再因為愛情去互相改變、互相配合，這樣的話，就算一開始不適合，到最後也會適合了……」雷公說。

「所以雷公你每次告白的對象，你都不管對方適不適合你對嗎？但是也許對方會思考，你適不適合人家呀，這樣一來，當然你被拒絕的機率就高了。」

「追求真愛機率高要做什麼呀？只要有一次對方是喜歡我的，那麼前面幾百次不適合的告白，也不算什麼呀，不是嗎？」

「只要你一直是追尋不適合的人，就不可能遇到真愛呀，你還不懂嗎？這是邏輯性的問題呀！」

「像筱雨妳這種把任何事情都當做功課做的人，不會懂感情的意義啦！每次都只會說我，妳去談個戀愛給我看呀！找個妳所謂適合的人給我看呀！」雖然每次雷公和筱雨都會因為這問題討論得很激烈，但畢竟這一次是從我的事情引發，我夾在中間，心裡不太好受。

「好了啦，雷公，不要對筱雨這樣說話啦……」我說。

「本來就是這樣呀，筱雨家裡有錢又聰明，什麼事情都拿手、什麼比賽幾乎都是第一名。但我就不相信，這種感情的事情，她也可以這麼冷靜地處理對待……老是要嘲笑我，在一旁說風涼話……」雷公癟起了嘴巴。

我看向了筱雨，希望她不要因此而難過，只不過，筱雨的臉上這時候出現了淡淡的微笑，似乎並沒有因為雷公說的話而心情有所影響。

「總之，我的這段感情已經結束了，我對那個晴天，也沒什麼感覺了，就像筱雨說的，我希望我之後可以遇到一個適合我的人，談一段穩定的感情。」

原本應該是討論我話題的兩個人，這時候似乎都不聽我說話了，我感到又好氣又好笑。

筱雨嘴旁的微笑沒有停過，對於我這個智商接近兩百的好朋友，有時候我真的不知道她心裡在想什麼。她轉過了頭，又開始了她手指上的運作，劈哩啪啦的打字聲再度響起，像是剛才什麼都沒討論過似的。

這個時候我還不知道，晴天，這個男人，在我們幾個朋友之間，會成為一種怎樣的存在，而筱雨不認輸的程度，遠遠超過了我所能想像……

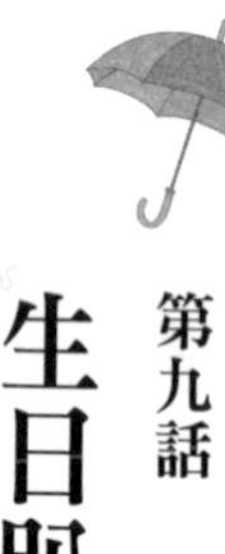

第九話 生日趴

或許是因為相處的時間也不算長，我和晴天那段過去，就在幾個晴天雨天夾雜的日子裡，漸漸從我心裡淡化了。

在學校裡遇到晴天的機會也變少了，偶爾，我會看到他走在校園裡，身邊跟著沒見過的女伴。

這時候的我就會羨慕起筱雨考上的國立大學，至少在那廣大的校園裡，想要四年以內都不要遇見某個人，也不是什麼難事。但是在我們學校，很有可能在同一天裡就見了同個人三、四次面。

「喂，芸芸，下禮拜五妳在妳們學校嗎？」很罕見的，筱雨打了電話來。

「在呀，怎麼了嗎？」

「決賽，全國英語演講比賽的決賽，下禮拜五在妳們學校舉行，我會過去參賽。」筱雨說話的口氣，聽起來這件事情，像是來找我吃盤咖哩飯般的稀鬆平常。

「是嗎？好呀，那比賽完之後我帶妳去吃飯。」

「好。」掛了電話之後，我才意識到這好像是升上大學之後，筱雨第一次到我們學校來，說起來也算是件挺新鮮的事情。

我在校園中漫步著，希望可以找到一家不錯的餐廳，讓筱雨吃點不一樣的食物。只不過，我實在不是什麼饕客，對於學校附近有什麼好吃的，我竟然一無所知。

時間就這樣很快地進入了筱雨要來學校的當週，到了禮拜三晚上，學妹凱蘿打了手機給我。

「學姐，上一次不好意思，麻煩妳了……」我想凱蘿指的應該是半夜打電話來訴苦一事。事實上她並不知道，在那事情上，我的收穫比她還來的大。

「沒事沒事！妳沒事就好了。」

「學姐，禮拜五晚上我生日，我在『氣象圖餐廳』辦了一個小型的聚會，找了一些系上的人來慶祝，學姐如果沒有特別的事情，我希望妳也可以到！」凱蘿非常有禮貌地邀約著我。

「禮拜五呀，那一天晚上我朋友要來學校找我耶……」我說。

「沒關係呀，那就一起帶來呀，反正人多熱鬧點。」果然很像是凱蘿的作風。

我心裡想，也還沒確認要帶筱雨去什麼地方吃飯，如果筱雨也願意的話，那也省掉了我找餐廳的麻煩。

「這樣呀，好呀，如果我朋友願意的話，我就帶她一起過去！」

「嗯嗯。」凱蘿很高興的掛掉了電話。

禮拜五的傍晚，筱雨穿著很正式的套裝，搭配著她一頭長髮，很有氣質地出現在我和她相約的廣場。

「筱雨，妳看起來好漂亮喔！」我說。因為平常不施脂粉的她，今天看起來只不過是稍微在臉上點綴了些顏色，就讓她的美麗五官，看起來更加迷人。

「為了比賽而已……」筱雨左顧右盼看著校園，「怎麼妳們學校似乎沒兩下就可以走完了？」

「是呀……」我尷尬地笑著。的確如此。

「比賽的結果如何呢？」我好奇著。

「就……第一名。」筱雨講得並不驕傲，也不害羞，甚至連喜悅都似乎只有那麼一點點，有時候我真搞不懂，筱雨的腦子，成天都在想什麼。

「太厲害了呀！不愧是筱雨，以前高中的時候，妳在舞台上的表演就已經很驚人了，每次妳念英文台詞的時候，我就覺得周圍的每個人都會停下手邊的工作，仔細聽妳念的每一句話！」我雀躍著。

「妳太誇張了啦……」筱雨笑了。筱雨的笑容真的很美，美得有如雨後的彩虹一般。我常在想，如果我是男生，一定會追求她的。

想到了這個話題，我不禁開了口問。

說。

「筱雨，上了大學之後，難道都沒有人追求過妳嗎？這不太可能呀……」我說。

「有呀，很多呀！只不過我答應過我爸媽，大學畢業之前，不談戀愛。」筱雨說話的時候，眼睛裡面似乎有著難言的苦楚。

我可以想像，像筱雨這樣的家庭裡面，壓力肯定是巨大的，如果我是筱雨，可能根本無法承受，也做不到她爸媽對她的要求。

「晚上吃什麼呢？」筱雨轉移了話題。

「我帶妳去參加一個學妹的生日趴，如何？」我都忘了還沒和筱雨提起這件事情。筱雨爽快地點了點頭，這讓我放下了心中的那塊小石頭。

第二次來到「氣象圖餐廳」的我還是一樣陌生。只因為凱蘿包下了這裡的場地之後，似乎從前一天晚上就開始了大規模的布置，搞得和我上一次來吃飯的時候，大不相同。

我和筱雨一走進餐廳裡面，就看見了打扮得非常成熟的凱蘿，拿著酒杯正和幾個系上的學弟妹們聊著天。

「芸芸學姐！」凱蘿一看到我，立刻整個人撲了過來，熱情的程度讓我有點受寵若驚，一旁的筱雨只是微笑著。

「這是我朋友，林筱雨。」我介紹著筱雨，只見凱蘿的眼睛瞪得老大。

「學姐美麗，連學姐的朋友都這麼美！歡迎來我的生日趴！」凱蘿微微作勢要擁抱筱雨，筱雨則是顯得有點不太自然。

「今天是採自助餐式，學姐、筱雨，妳們就自己來吧，不要客氣唷！」凱蘿真的很像個主人，我和筱雨也樂得點頭。

「很活潑的學妹呢！」待凱蘿走遠之後，筱雨在我耳邊輕聲說著。

「嗯嗯。」

凱蘿認識的人真不少，除了系上的之外，我還看到了許多其他系的同學，也陸續出現在這個餐廳裡。

我和筱雨隨便吃了點東西後，找了兩個空位坐了下來，畢竟在這個場子裡我們認識的人也不多，隨處走動並不會給我們帶來太多樂趣。

「那個男生……是不是很好看？」忽然，筱雨看著遠方的人群中，說出了這麼一句話。

我有點驚訝，因為我從來沒有聽過筱雨對這方面事情的喜好，急得趕緊想要看清楚筱雨說的男生是誰。

「就那個呀！穿著藍色條紋襯衫，牛仔褲那個。」筱雨這時候伸出了手指比著，而我，循著她手指的方向，漸漸地認出，她比劃的目標。

「就和妳學妹站在一起那個……」和凱蘿站在一起，穿著藍色條紋襯衫的男生，如果不是晴天，那還是誰呢？

「好看，算是好看。」我有點無法回覆筱雨的話，因為我沒想到，晴天也會出現在凱蘿的生日派對中，這兩個人，不是已經鬧翻了嗎？

更令我尷尬的是，凱蘿這時候發現了我和筱雨正看著他們兩人，索性和晴天兩個人一起走了過來。

「學姐！」凱蘿看起來像是多喝了幾杯酒，臉上透露著幾分酒意。

「凱蘿，妳喝多了嗎？」我一邊握著凱蘿的手，一邊摸著她的臉。

「沒有、沒有啦……學姐，這位是晴天，我超喜歡他的！雖然我們分手了，可是還是好朋友唷！」凱蘿顯然有點站不穩。

晴天這時候很有風度地扶住了凱蘿，以防她跌倒。

「沒事，我會照顧她！」晴天看著我，正打算說些什麼的時候，他忽然意識到了站在一旁的筱雨。

說「忽然」不算恰當，以筱雨的美貌，不管是哪個男生經過，都一定會注意到她的存在。

晴天轉了頭，看著筱雨。筱雨則是微笑著，什麼都沒說。

「這位是？」晴天說。

「我朋友……」我回應了一句之後，筱雨自己搭起腔了。

「我是林筱雨。」

在那一瞬間，我忽然發現自己像是個被隔離的犯人一般，看著兩個活在自由世界的人類，四目對望著。晴天的眼中併出了我不曾見過的光芒，筱雨也顯露出了我沒見過的嬌媚。

以之後發展的結果來說，這也許是我犯下最大的一個錯誤！

第十話
天才間的對話

雖然晴天的雙手是攙扶著凱蘿，筱雨站的位置也是比較靠近我，但是不知道怎麼搞的，在我的眼中，筱雨和晴天才像是站在一起的兩個人，我和凱蘿，甚至周圍的景物，很像是被用柔焦濾鏡處理掉的相片邊緣。

「妳好，我叫做晴天。」晴天面對著筱雨自我介紹著。

「太陽樂團的吉他手？」筱雨問。

「對。」

「為什麼不兼主唱？」

「我喜歡專心彈吉他。」

「不喜歡搶人家鋒頭？」

「太陽的聲音比較適合我們樂團的風格。」

「害怕掌聲太多？」

「怎麼會呢？」

「因為這樣下了台之後落差會更大。」

「我在台上和主唱享有的掌聲是一樣的。」

「但是掌聲的性質不同吧？」

「妳也玩音樂？」

「古典鋼琴。」

「妳一定彈得很好！」

「怎麼說？」

「妳很敏銳。」晴天說完這句話之後，微笑地看著筱雨，筱雨也微笑著。在他們兩個人對談的時候，我和凱蘿只能呆呆站在一旁，彷彿像是兩個在欣賞什麼舞台劇的觀眾一般。

「……晴天……我頭昏……」凱蘿藉這空檔發出了聲音，沒想到晴天一把將身邊的椅子抓了過來，就讓凱蘿坐了下來。

「我很想聽妳的聲音。」晴天忽然沒頭沒腦的說出了這樣的話。這讓筱雨笑得更燦爛了。

「晴天，你現在不是就聽到了筱雨的聲音了嗎？」我有點納悶。

晴天聽著我的話，卻不回應，兀自地走到了餐廳的舞池中間，拿起了置放在舞池邊的電吉他，並且打開了擴音器。

晴天刷下了第一個和弦。

我的心情，像是回到了當天演唱會的時候，晴天當時迷人的演出，幾乎催眠了我，可以讓我甘心做任何事情。

晴天走到了麥克風的前面，然後刷著好幾個不同的和弦，看起來他似乎並不打算開口唱歌，這讓我和凱蘿心中，都發出了微微的嘆息。重複了一兩次和弦之後，晴天看著筱雨，示意要她上台。

我這時才發現，原來舞池旁邊擺放著一架電子琴，雖然我常常在筱雨家裡聽她彈奏古典鋼琴，但是從來沒有聽過她與別人合作，或者是演出流行音樂。

這時，筱雨的腳步移動了。

她緩緩走到了舞池旁邊，站在了琴的正前方。

晴天的吉他聲並沒有停止過，筱雨卻只是呆呆站在了鍵盤前面，任意按著幾個按鈕發出著不搭嘎的聲響。這時候來賓們一起都被這兩個人莫名的舉動給吸引了，紛紛往舞池邊靠攏，只不過晴天的吉他聲越響亮，筱雨卻依舊沒有動靜。

但事情，在一個瞬間改變了。

透過了音箱我忽然聽到了不可思議的音樂，來自於筱雨手上的鍵盤，那不是單純的鋼琴聲，也不是簡單的單音配合，那感覺像是她在短時間之內，利用了鍵盤的特性，替晴天彈出的旋律編曲。

我看見晴天的臉上閃過了一絲驚訝，隨之而來的卻是一臉驚喜，接著晴天配合著筱雨的音樂開始彈起了單音，只見晴天的手指靈巧的在吉他上跑著、滑動著、跳躍著，兩個完全沒有見過面的人，卻能夠在第一時間在音樂上配合得如此和諧而充滿創造力。

我在一旁看傻了。

筱雨迅速變換著鍵盤的聲音，晴天則是賣力彈奏著。在我眼中，那不像是兩個人的合奏曲，反而像是兩個人在剛才的對話之後，所衍生出來更豐富、更深度的交談。

兩種獨立卻和諧的音聲，透過音箱在整間餐廳裡面放肆地流竄著，現場所有人都感受到了他們的細膩、他們的威力，而我，聽著聽著，眼淚竟然不自覺得流下。

筱雨總是在『壞氣候俱樂部』和雷公說的那些話，我終於懂了。適合的人，與不適合的人差別在哪裡，大概就是像我現在的感受。

這兩個天才，透過樂器正在對話著，然而像我和筱雨這麼熟稔的好友，竟然走不進他們的世界。這一刻，我為了自己的平庸難過著。

幾分鐘過後，晴天的電吉他越來越激昂，筱雨也配合著喧囂直上，就在眾人的心情都被這樣的音樂帶到了最高處時，兩個人忽然很有默契的在同一個小節做出了結束，只留下了電吉他餘音繞樑的回味。

現場的學生們先是停頓了一兩秒，隨後就爆出了驚人的歡呼聲以及口哨聲。

「太棒啦！安可！」

「晴天好帥！」雖然餐廳內的叫囂聲不斷，但台上的兩人卻像是沒發生過任何事情般的冷靜，晴天緩緩放下了電吉他，朝凱蘿的方向走來，筱雨也是優雅地走到了我的身邊。

「筱雨，好棒喔！」我擦著眼眶的淚，稱讚著筱雨。

「只是玩玩，沒想到還挺有趣的。」筱雨依舊微笑著。

「凱蘿，生日快樂，我還有事情，我得先回去了。」晴天對著凱蘿說出了要離開的訊息。

「這麼早，不過，晴天，謝謝你，你能來我就已經很開心了！」凱蘿臉上的酒氣尚未退掉，看起來，活像是個關公。

「芸芸，我先走了。還有，筱雨。」晴天轉而向我和筱雨告別，只不過，我發現晴天的眼睛，一直都是盯著筱雨看。

筱雨依舊優雅微笑著，並不會因為晴天直視著她，而有所改變。

晴天看著筱雨，一邊點著頭往後方退去，然後轉過頭，離開了我們面前，走出了餐廳。

我的心情很複雜，不過當時，我還沒有想到可能會發生更複雜的事情。

隨著凱蘿體內的酒精濃度不斷提升，當天晚上距離結束的時間也就越來越近，最後，凱蘿終於在十點左右昏睡在沙發上，另外幾名學妹忙著宣布今天晚上到此為止，客人們，也就這樣三三兩兩逐步散去。

我和筱雨走在了回家的路上。

「啊，今天真開心！芸芸，謝謝妳，讓我認識了有趣的人。」筱雨很少主動提及關於「人」的事情，這讓我也很高興。

只不過，我心中還是有點納悶，究竟是因為認識了凱蘿或其他人，還是晴天，讓筱雨感到開心呢？

「妳開心就好了，算是慶祝妳拿下冠軍呀！」我笑著說。

忽然，筱雨停下了腳步，我往前多走了三步之後，才發現筱雨停在了原地。

「怎麼了？」我回頭問。

「芸，我們之間沒有祕密對吧？」筱雨這麼慎重其事地問，讓我心裡起了點恐懼感。

「當然呀！」我說。

「剛才那個晴天，就是妳之前短暫交往過的男生對吧？」果不其然，我就知道是要問這檔事。

「對呀……」我說。

「妳對他沒有感情了對吧？」筱雨問的話，令我越來越擔心。

「對呀，我上次就說過了。」我知道，我的內心深處，有那麼點心虛。

「那就好了！」筱雨微笑點著頭，忽然又往前走了起來，反而是我呆在了原地，完全捉摸不到，我這個好朋友的心情。

「筱雨，等等我呀……」我在後面追趕著筱雨，小碎步的跑著。

那天晚上，沒有什麼雲，因為月光就壟罩在我們的頭上，我知道，那是一個晴天的夜晚……

第十一話

宣言

期中考過後的天氣一直都算是穩定的，我的生活，回到了很平常的狀態，上課、下課、抄筆記，或者是借筆記給學妹。

在這樣的天氣裡，我通常是提不起勁，上課的時候也會因為陽光太舒服而感到睡意，更在意的是，一直沒有下雨的日子，我那兩個好友的近況我也不得而知。

這一天，當我走出校園外等公車時，原本和煦的太陽，忽然被雲層給遮蔽了，當我第一時間感受不到陽光的照耀時，我的嘴角，泛起了笑意。

在公車亭裡，我看著四周開始變得陰暗，遠方的雲層逐漸成形，我知道，我等待已久的日子終於到來。

果不其然，雨水，在雷聲響起後的一分鐘內，快速落下。雨勢，從淅瀝瀝地一下子就轉變成了嘩啦啦。

我開心地跑到馬路對面的公車亭，因為要前往筱雨家的公車是反方向的。

當我興高采烈地抵達了筱雨家的同時，我看見了雷公站在了門口。

「幹嘛，筱雨不在家喔？」我問。

「在裡面，她說要我等一下。」雷公沒好氣的。

「等多久了？」

「半小時了。」雷公說。

「半小時？半小時她都沒反應？」我忽然緊張了起來。「半小時耶，雷公，你都不會懷疑筱雨在裡面出了什麼事情喔？」我的音量提高。

「這……」雷公這時也才覺得不對勁，轉身開始敲起了筱雨的門。

「筱雨，開門、開門！」敲不到兩下，門就開了，原來，門根本沒上鎖。我瞥了雷公一眼，示意他的粗心，只不過，當我和雷公走進筱雨房間的時候，我們兩個不禁叫了出來。

「這是怎樣了？」我說。

「發生地震嗎？」雷公望著房間內的變化，也嚇傻了。筱雨原本整齊有序的房間，這下子全部變了樣，鋼琴上面堆滿了書籍，更奇怪的是，一大堆DVD，或是平常沒有在筱雨房間內看過的小說漫畫，這時候全部都出現在這個空間內，大門的後面就是一整落的書，看來原本那幾大落的書籍擋住了大門的開啟動線，這才會使得筱雨要雷公多等一下。

「筱雨呢？」我和雷公左顧右盼，除了那一大堆的書籍影音之外，還真看不到半個人影。

然後，我聽到了很細微的聲音，我要雷公別吵。

「噓，別出聲……」我循著聲音走去，終於在另外一個房間裡面，看到了筱雨戴著耳機，小電視的螢幕裡面播放著的是日劇「美麗人生」。

雷公一把將筱雨的耳機取下，大聲叫著。

「妳放著我在外面等，妳自己在裡面偷看日劇？」雷公說。

「不好意思啦！因為這一段實在是太精采了，我沒辦法中斷。」筱雨的眼眶中含著淚，苦笑地說著。

這個模樣的筱雨，我真的是第一次見到，感覺很可愛，但又說不上來哪裡不太對勁。

「妳以前不是都不看這種東西的嗎？怎麼最近轉性了？」雷公說。

「我最近有了新的功課，我打算挑戰新的領域。」筱雨說。

我不小心踩到了一本精裝版的硬殼書，腳底傳來一陣痛。

「這是什麼書呀？基礎美容與化妝？筱雨，妳現在到底是想要挑戰什麼？」我越來越搞不懂，我這個天才朋友想要往哪個世界發展。

這時候筱雨站了起來，帶領我們到了原本最常聚會的客廳坐著。

「你們看！這是經典愛情日劇、韓劇、H的愛情小說全集、兩性專家的心理分析書，以及女人如何變美的全套叢書，看了這些相關的書籍，難道你們還不知道我想要做什麼嗎？」筱雨笑嘻嘻的說。

「幹嘛？妳想要寫書？妳想要當個兩性專家？」雷公雖然在胡謅，但我心底卻起了一片陰影。

「錯，我想要研究愛情！」筱雨慢慢說到了事情的核心。

「幹嘛忽然想要研究愛情，妳不是說大學畢業之前，妳爸媽不准妳談戀愛嗎？」雷公也說出了我心裡的疑問。

「我沒有想要談戀愛呀，我只是想要研究戀愛。」筱雨的笑容，不管什麼時候看、不管討論哪種話題，都是充滿自信。

「妳要怎麼研究？」雷公說。

「多虧了芸芸，讓我認識了有趣的人，我想要從這個男人開始研究起！」從筱雨的表情看起來，就像是那個男人已經躺在解剖台上。

「誰呀？」雷公問。

「『太陽樂團』的晴天！」筱雨說。

「不是吧！那個愛情天才？」雷公揚著眉。

「對，我就要挑戰那個愛情天才，看看他會不會陷入我的愛情遊戲當中……」看起來，筱雨已經想好了計畫。不過那是怎樣的計畫，我則是完全不清楚。

「……不懂……筱雨，妳可以說得清楚一點嗎？」雷公繼續問，但我心裡面，大概越來越清楚筱雨的意圖了。

「好！我的計畫就是，我要追求晴天，讓他愛上我，死心塌地愛上我！」筱雨真的不是一般人的腦袋，我實在佩服她可以講出這樣的話。

「這有什麼意義嗎？妳要幫芸芸報仇？」雷公不解。

「如果他是愛情天才、如果他不會為了某個女人忠誠、如果我可以讓他對我死心踏地，這不就表示，我贏過了愛情天才？到時候，我再把他甩了讓他嚐嚐芸芸的感受，這樣的話，我不但證明了我的愛情理論，我也替我的姊妹出了一口氣，何樂而不為？」

「所以妳就買了這麼多關於愛情的書？」雷公說。

「那當然！我至少要先了解愛情的本質和真意、了解男人的需求，這樣我才能夠掌握晴天的心呀！」筱雨越說越得意。

「所以包括了這些彩妝書，也都是妳的事前準備功課？」我終於忍不住開了口。

「不只那些，包括男生的興趣、性方面的知識，還有各種運動話題，只要是能夠有幫助的，我都一定要懂！」筱雨的眼中，閃爍著和平常她參加各種比賽必勝的眼神一樣。

「妳能有多大變化？我才不信。」雷公挑釁地說著。

「你指的是外表？」

「對呀，平常看妳穿得都是牛仔褲、T恤，我才不信妳可以有什麼改變呢……」雷公笑著。

筱雨歪著頭想了一下。

「給我二十分鐘！」說完之後，筱雨走進了她自己的房間，看來是打算換套服裝之類的。

筱雨不在的時候，雷公說話了。

「妳覺得筱雨是認真的嗎？」

「……」我不想回答，我相信如果雷公當天晚上看到了筱雨和晴天相遇的情況，一定會認為筱雨是認真的。

只不過，我心裡的陰影一直沒消除過。我懷疑，究竟，筱雨是真的想要研究戀愛、想要替我出口氣，還是最後一種可能？她真的……喜歡上了晴天？而她自己不知道，或是不想承認……

當然，她要追求晴天這件事情不見得會成功，只不過我是否會希望晴天也得到和我一樣的難過感受，我自己問著自己……

就在我的心情起伏不定的同時，聽到筱雨房間門的把手被轉動的聲音。

「我要出來了！」筱雨的聲音，從房間內側傳了出來。接著，她推開了門，從房間走到了客廳。

那一瞬間，我絕對相信，這世界上沒有人會不喜歡筱雨！

自然的眼妝、淡淡的腮紅，襯托出筱雨的好皮膚，更重要的是，筱雨第一次穿上了浪漫的洋裝，不但完全沒有違和感，反而更突顯出她誘人的小腿曲線。我知道，雷公已經看傻了眼。

「應該，還行吧！」筱雨的微笑，以及這句話，深深地，烙印在了我的心中。

彷彿從那一天之後，我就不再祈求下雨天的來臨，不再渴望「壞氣候俱樂部」的集會了……

第十二話

筱雨的第一步

在後面的故事裡，如有我—沈芸芸—不在現場的場合，皆是由當事者事後轉述，再加上小部分我的個人主觀意識，記述而成。

在筱雨和我們說完她的「研究計畫」之後，便進入了暑假。筱雨在這段時間內也不知道去了哪裡，整個七月雖然都沒有下雨，但是我就算用手機聯絡，也找不到她。

時間來到了八月，筱雨帶著一身黝黑的皮膚回到了台北。她的第一個目的地，是市內的某一家音樂教室，她找的，是某一位鋼琴老師。

那位老師的名字叫做小松。小松還是一名學生，白天的時候除了上課之外，就會到音樂教室教學生彈琴，賺點學費，到了晚上，他則是知名地下樂團的鍵盤手。

沒錯，正是「太陽樂團」。

在這裡，容我稍微介紹一下太陽樂團的成員。

主唱─太陽，是一名長頭髮的性格男生，全身刺滿了數不清的刺青，身上滿是金屬飾品的重金屬菸嗓子。

吉他手─晴天，身材高挑，總是穿著一件破舊的牛仔褲出現在校園裡的萬人迷。

貝斯手─司徒，體型略微肥胖，卻有著一雙神乎其技的妙手。

鼓手─阿亮，樂團中的搞笑人物，總是幾句話就可以逗得其他幾個團員哈哈大笑。

鍵盤手則是小松。小松長得很纖細，手長腳長，手指也非常漂亮，秀氣的外表大概是樂團裡面，人氣只比晴天差一點的角色。

他們幾個，在之前和凱蘿一起參加的聯誼上都見過，只不過當初因為我的目光只集中在晴天一個人身上，因此也不太注意他們的特徵。

團員裡除了小松不是我們學校的人之外，其他四個人都就讀於我們學校，但是他們平常很少上課，因此就算是我，也沒見過幾次面。

小松曾經在事後這樣描述第一次見到筱雨的情景。

那一天，太陽很大，音樂教室的某一面牆是用大片的落地窗阻隔，因為這樣才可以讓外面的行人，清楚看到櫥窗裡的樂器。

那時候小松正彈著琴，一名帶著孩子來上課的家長，戴著金框眼鏡，看起來有點勢利，站了小松身邊，像是要監視這名年輕老師，又或者是想要見識一下這老師手上的功力如何。

於是小松非常賣力。

明明指導小朋友只需要彈奏簡單的樂曲就好，小松則是會刻意舉例，將一些複雜的指法或和弦，在不經意中施展出來。

但是小松總是覺得，那天下午他的壓力很沉重，很像是有什麼人一直在注意著他的指法、看著他的表演。他知道身邊站著的家長，應該就是監視他的人、應該就是帶給他沉重壓力的人，但他卻又感覺到有另一雙更細膩的眼睛，在不知名的遠方，不停地，盯著他看。

等到小朋友下課了，小松一個人坐在了電子琴前面隨性彈奏時，他依舊覺得，那股壓力，沒有消失過。

這時候的小松抬頭了。

他看到了落地窗前，站著一個長頭髮、身材纖細的女生，背對著陽光，讓小松看不太清楚她的五官長得什麼樣。

女生這時候也發現小松看到她了，她走近了櫥窗，敲了敲櫥窗的玻璃，然後比著手勢，類似「彈琴」、「你很讚」的簡單手勢。小松示意要她走進音樂教室，女生點了點頭，便從大門的方向跑去。

沒多久，店裡就出現了穿著一身白色連身裙的筱雨，帶著一身古銅色的膚色，既陽光又健康地站在了小松身前。

小松看傻了。

「我想學習電子琴。」筱雨說。

「為什麼想學呢？」小松笑笑的回答著。

「為了某個男生……」小松形容，當時筱雨回答這句話的時候，臉上帶著的笑容充滿了魅力，沒有人會懷疑，筱雨有其它的目的。

「妳學過音樂嗎？」

「碰過幾年古典鋼琴。」筱雨說得謙虛，事實上如果筱雨說出了她曾經得過的獎項，恐怕小松當場就會拒絕授課。

「可以彈一下嗎？」小松站了起來，示意筱雨坐下彈奏，筱雨在這個時候臉上露出了靦腆的笑容，像是有點害羞。

「沒關係，就是因為不會妳才會來學習的呀！不用不好意思。」小松是個很細膩的人，因此筱雨的表情，或是筱雨「演出」的心態，小松都曾經在別的學生身上看到過。

「那我……就隨便彈一下……」筱雨的手指高高舉起，接著兔起鶻落地彈奏著最基本的「卡農」。很顯然，筱雨刻意讓自己的琴聲聽起來有點笨拙，並且錯誤百出，小松的臉上漾出了淡淡的笑容，因為他曾經懷疑，自己剛才教學時的強大壓力，有可能就是來自於這個女生，照現在情況看起來，是他自己多想了。

「還不錯，妳打算什麼時候開始上課呢？」小松和筱雨確認了費用以及時間之後，這個八月，天才筱雨就開始了她在音樂教室學習的日子。然而事實上，這對筱雨來說，根本是多此一舉的。

反觀小松對這個學生卻是讚賞有加。

「太陽，我現在有個女學生，天分超高的，搞不好有機會的話，我介紹你們認識！」這段時間內，小松總是會在練團的時候和其他團員吹噓著。

「她才練了一個多月，現在我們團裡面表演的曲目，她都非常熟練了，我幾乎快要沒有東西可以教她了！」

「你不會是愛上了人家吧？」鼓手阿亮總喜歡虧小松，因為小松是他們團裡面最內向的人，也可以說他完全沒有交過女朋友。

「有機會就帶來看看吧！」主唱太陽透過麥克風說著。

「好呀！」小松笑著。

而另一方面每個禮拜三次的教學，也的確讓筱雨和小松越來越熟稔，筱雨總是會貼心地帶許多小點心給她的老師吃，並且問長問短的。

「老師，正式表演的時候，氣氛是不是很 High 呀？」筱雨問。

「很棒！在後台的時候妳就可以感受到全場的歡呼聲！」

「那太陽樂團裡面，誰最受歡迎呀？通常應該都是主唱對吧？」

「在別的團是這樣沒錯，可是在我們的團裡面，卻是吉他手……」

「好棒喔！老師，下一次你們練團的時候，可不可以帶我去看呀？」筱雨這一天特別用心得吹捧著。

「好呀，當然！」

意外，在這個時候發生了。

在音樂教室裡，除了電子琴以外，當然也有大型的鋼琴置放在櫥窗內，小松為了說明某段樂曲中鋼琴與電子琴的差異性何在，便坐在了鋼琴前面彈奏著。

這光景，和平常小松對筱雨的教學沒有兩樣。

只不過，筱雨中途離開去洗手間回來，在往小松的方向走去時，一個不小心絆到了一旁放樂器的櫃子腳，筱雨頓時失去重心，整個人往小松所在的鋼琴跌去，為了穩住重心而想伸手抓住鋼琴的筱雨，卻一手抓到琴蓋。只見琴蓋，有如被施以加速度般，重重地蓋了起來，琴蓋碰觸到琴身時所發出的巨大聲響，讓整個樂器行的人都嚇了一跳。但隨之而來的，卻是小松的尖叫聲，因為他的手指頭，正在琴蓋與琴身之間，遭受到強烈重擊。

「啊！」小松顧不得筱雨是否站穩，雙手往上一翻，整個人痛得跑出了教室外，他幾乎可以確定手指頭不是斷了就是骨折了，然而在開學之後「太陽樂團」已經確定了許多場表演，是不容許他缺席的。

小松立刻攔了計程車趕去醫院。只剩下一臉茫然的筱雨站在原地，樂器行的人紛紛靠了過來，只怕這個無心之過，在她的心裡面留下陰影。

「我不是故意的……我不是……」筱雨楚楚可憐的樣子，讓所有人都不忍心責備，然而全世界可能只有筱雨內心知道，她的第一步計畫，已經成功實現。

第十三話 我可以彈得更好

台北市內的某個地下室裡，斷斷續續傳出了驚人的樂聲與鼓聲，只不過聲音全部被隔音牆阻擋，從外面聽起來，就像是悶在棉被裡說話般的效果。

這個地下樂團長年累月在這裡練習，這裡就等於是他們的聖地。

留著長頭髮的主唱手握著麥克風，正打算盡情嘶吼的時候，忽然像是洩了氣的氣球一樣，揮舞著手，要一旁的團員停止。

「不行，停……這樣根本不行，這一整段沒有 Keyboard 一起的話，太空了，力道都沒了……」太陽的表情看起來很懊惱。

「我加一點吉他進去呢?」晴天在這時多彈了幾個單音 solo，試圖讓這段音樂的編曲聽起來更加豐富點。

「不行不行，這邊沒有琴的聲音就是空……」太陽索性放下了麥克風，走到一旁拿起了礦泉水就往嘴裡塞。

「好不容易和那家夜店簽了約，可以在畢業前的最後一年，固定在他們那裡演出，現在可好了，小松沒事去傷了手指頭，要我臨時去哪裡找一個Keyboard手？」延畢一年的太陽有點憤憤不平地說。

「小松沒有說他的手多久會好嗎？」貝斯手司徒這時隨意地彈了幾個很Funky的和弦。

「我看沒那麼快……他只說，他會想辦法解決……」太陽已經乾脆靠在了牆壁上，無奈地拍打著礦泉水瓶。

「所以他今天也不會來嗎？」晴天說。

「他說今天會來把這事情解決……」太陽說完這話之後，忽然練團室的門被推了開來，小松帶著一雙被繃帶包紮得很嚴密的手，走了進來。

「哇靠，小松，你是抓女人胸部被逮到是嗎？」鼓手阿亮看著小松的手，不禁傻眼大叫。

「小松，你這樣能彈嗎？」晴天問。

「不行，醫生說還好沒傷到神經，差一點以後都不能彈琴了，不過要修養到好至少要三個月以上……」小松語帶無奈。

「三個月……」這下子連愛搞笑的阿亮都說不出話了，看著主唱太陽，阿亮的表情就像是說：「這樣的話，我們怎辦？」

「你到底是怎麼搞的?平常都那麼懂得保護雙手的人，怎麼會在這個節骨眼上受傷啦，你忘了我們是花了多大力氣才爭取到那家店的演出嗎？」太陽的聲音裡，帶著濃濃的怒意。

「對不起，我也不想……」小松則是被訓的頭越來越低。整個練團室裡面，像是籠罩著一股低氣壓，每個人都感到呼吸困難般的沉重。

大家你看著我、我看著你，彷彿，這就是「太陽樂團」的末日。

「你不是說，你會想辦法解決？」晴天率先打破了沉默。小松沒有直接回答，反倒是看了一下自己的手錶。

「時間差不多了，應該快到了。」就在小松說話的同時，練團室的門，被敲了幾下。

「請問，這裡是太陽樂團的練團室嗎？」一名女生的聲音從門口傳出。在場的五個人全都轉過了頭，看向這個聲音的來源處，只見筱雨穿著牛仔褲以及T恤出現在太陽樂團的眾人面前。

「筱雨，妳來了！」小松立刻走了過去迎接。「我來向大家介紹，這位是筱雨，我的學生。然後這邊的人分別是主唱太陽、貝斯手司徒、鼓手阿亮，還有吉他手晴天。」

小松很快速地介紹著眾人，直到介紹到最後的晴天時，晴天的眉頭皺了起來，他依稀記得，他見過這個女生，但是一時之間，卻想不起來是在什麼場合。

只因為，現在筱雨的形象和當初淡妝套裝的差別太大了。

「小松，現在不是介紹女人的時候，你沒搞清楚嗎？如果這個場子做不起來的話，我們樂團有可能就這樣解散了！」太陽的口氣越來越差，配合上他的菸嗓子，場面其實是挺嚇人的。

「我當然知道。我找筱雨來，就是來解決問題的。」小松說。

「解決問題？她可以幫你治療喔？她是華陀喔？」太陽很不耐煩。

「不是，她可以代替我彈！」小松的聲音有點弱，聽起來，像是他自己對自己的這個提議也不是太有把握。

「她可以彈？哈！你如果說她可以吹，那我還信你！」太陽氣得開了個低級玩笑。

對於筱雨的技術，小松肯定有把握，只不過要和這麼一群狂野不羈的大男人們一起合作，那就不只是技術層面的問題而已，還包括了風格及融入感。

小松在這個團裡已經很久了，他絕對了解其中的難度，也知道這些團員們的要求有多高，否則，太陽樂團是不可能得到 T&D 這種專業音樂人的青睞的。

小松被太陽說得有點語塞，沒想到，站在一旁的筱雨這時候卻開口了。

「要吹也可以，不過我吹的玩意兒都是大尺寸的，你們團裡面好像沒有這種東西喔！」筱雨不認輸地發言，鼓手阿亮看了一下太陽，忍不住笑了出口。

「哇哈哈哈！太陽，你聽到了沒？這個妹子很悍呀！和我們樂團的風格很搭耶！」阿亮笑個不停，就連貝斯手司徒這時候也開始感到筱雨的有趣。

晴天則是在一旁不停打量著筱雨，心裡不停盤算著，這女人，究竟什麼時候和她見過面呢？

太陽這時一把將礦泉水瓶丟在了地上，顯然被筱雨回敬的這句話，搞得面子有點掛不住。

「耍嘴皮子有什麼用？要試的話，就直接來！」太陽走到了麥克風架前面，手比劃著要筱雨就定位，直接用技術來證明她自己。

筱雨看了一下小松，小松對她點了點頭，這對「師徒」之間，看起來有著不錯的默契。

「就剛才那一首歌。」太陽看著阿亮指示著。阿亮有點驚訝，因為那首歌，可以說是太陽樂團所有的歌曲裡面，Keyboard 最困難的一首。

「one、two、three、four！」阿亮快速地打著拍子，接著就進入了快節奏的鼓點中，這首歌沒什麼前奏，太陽的歌聲一下子就飆了進來。

事實上太陽想要挫挫筱雨的銳氣，因為這首歌不但節奏快，也沒什麼可以暖身的地方，他想讓筱雨知道，自己在家的練習和整個團一起配合，可是有著很大的差別。

很快地太陽唱完了主歌，副歌就是 Keyboard 要進來的 Part，筱雨的臉上看來老神在在，一旁的小松卻像是急著想幫筱雨打拍子。

專業的太陽唱得很投入，當他進到副歌一半的時候，他才忽然想起來，要聽一下 Keyboard 的部分，只不過，因為整個感覺太像是小松在伴奏一般，太陽完全忘記了他的目的，這令他感到很驚訝！

在太陽樂團的組合過程中，不是沒有過樂手有事情不能出現的情況，期間每個角色也都有別人代班過，但是只要一出手，太陽就會意識到差異性，那是經年累月下來的默契與習慣，一般人不可能立刻就上手。

然而筱雨完全不同，她的演奏讓每個人都感受不出差別，感覺小松沒有受傷、感覺現在站在 Keyboard 前的人，就是他們的鍵盤手——小松。

副歌結束之後，接下來要進入一段很長的間奏，這段間奏是由電吉他先出現，接著 Keyboard 跟上。晴天的手指像是充滿了魔力般，就算是練習，他也不會有絲毫放水或是怠惰，幾個單音的跳躍，讓間奏一進來就充滿高潮。這時候的太陽不用演唱，他打算好好聆聽 Keyboard 的部分，副歌的地方雖然過關了，但是演奏才是樂手最重要的 Part。

當筱雨的手指開始在鍵盤上跳動時，透過音箱所傳出的聲音，讓在場的每個人都睜大了眼睛。

除了晴天以外，另外幾個人的感覺像是發現新大陸一樣驚喜。不同於小松，筱雨版本的間奏有著很大的差異，但事實上，似乎比小松的版本更加符合晴天的吉他，那種和諧又各自帶有衝突的聽覺，和小松的暴力而衝突是截然不同的。

然而在晴天的心裡，則是因為這段合作，令他勾起了回憶。

「我見過這女孩子，我和這女孩子合奏過……是她……」晴天想起了凱蘿生日當晚的情景，他看了一下筱雨，筱雨也看了一下他，兩個人反而更有默契地往下一段音樂彈奏。

就這樣絲毫沒有什麼破綻地結束了練習，太陽斜眼看著小松，又看看司徒以及阿亮，像是彼此之間在溝通些什麼。小松微笑著，因為他知道，每個人都認同了筱雨的實力了。

就當太陽打算開口的時候，筱雨搶在前面很著急地說著。

「對不起，真得很對不起，剛才有一兩個音我沒有彈得很好，請你們相信我，我可以彈得更好！」彈完了如此暴力的音樂之後，筱雨再度露出了小女生的嬌羞，這一點讓在場的五個大男生，感覺很受用。

「咳……咳……嗯，其實彈得是算還可以，那妳就……先來練習看看吧！」太陽有點尷尬地說著，畢竟先前他對待筱雨的態度實在不是太好。

「真的嗎?太好了，我可以和『太陽樂團』一起合作了！」筱雨興奮得叫著。

「歡迎加入。」

太陽高高舉起了單手，筱雨開心地跳起來與太陽擊掌。

這個下午，至剛至陽的太陽樂團，多了那麼一點陰柔的氣息。

第十四話
天才同志

大三升大四的暑假很快就結束了。後來回想起來，整個假期我幾乎都沒有見過雷公和筱雨。事實上，我自己也都忙著打工，因此沒有過多時間去追問他們的近況。

然而暑假結束這件事就代表著，「太陽樂團」即將要在夜店「音樂牆」，展開每個禮拜三天的固定演出。

「音樂牆」是國內極富盛名的地下樂團聖地，很多唱片公司都會定期到店裡尋找新人。當然，也有很多歌手喜歡在剛出道的時候，在這裡舉辦發表會或者是簽唱會。

也就是說，這個地方是要進入國內的音樂市場，很好的一個跳板。

當然，現在「太陽樂團」的鍵盤手已經換成了筱雨。一開始的幾次表演，小松都還有到現場探班，後來發現筱雨已經和其他幾個人配合得很好，也就專心留在家裡養傷了。

每週三次的演出，加上周末練習，這使得筱雨很快和樂團其它幾個人都混得很熟。

包括了晴天在內。

晴天曾經懷疑過筱雨的動機，也或許是他超人般的直覺，偵測出筱雨非比尋常的心態吧。

「妳原本不是玩古典音樂的嗎？我們見過面對吧？妳是芸芸的朋友。」晴天曾經在某一次練習結束後，問了筱雨這一連串的問題。

「對呀，就是因為那一次和你玩了幾下之後，我才發現和樂團一起合作是這麼有趣的事情，所以我才開始去找老師，沒想到那麼巧就遇到了小松了！」筱雨的回答沒有破綻，就連我聽起來都覺得合情合理。

當然，晴天也接受了這樣的說法。

樂團在表演前，常常會提早到店裡準備，有時候大家一起沒事情幹，便會找些樂子做。這些事情往往包括了看看夜店裡面有沒有誰中意的女孩子，或者是做些其他的消遣娛樂。

不知道為什麼，在這裡的男孩子都很喜歡比賽，也很喜歡賭一把。不是要拼喝酒，就是要拿錢下注。

筱雨第一次搞不清處狀況，看著太陽、阿亮以及司徒，三個人各自拿出了五百元，壓在了吧檯上。

「他們在做什麼？」筱雨問。

「下注，贏的人通殺！」晴天淡淡地說。

「比什麼？」

「飛鏢，一次三鏢，比看誰先射完５００分。」晴天躺在了沙發上，懶懶地。

「那你怎麼不比？」筱雨又問。

「嗯，妳問他們啊！」晴天看起來不想多說。筱雨立刻扯開了嗓子，大聲問著站在吧檯邊的小松。

「小松松，為什麼他們不找晴天比？是因為晴天很爛嗎？」筱雨問。

小松正用著綁滿繃帶的手打算喝飲料，卻被這一句話給嚇得噴了出來。另外三個團員也看向了筱雨。

「不是我們不找他玩，是我們根本不是他的對手……他太厲害了，跟他比簡直浪費錢啊！」阿亮作勢瞄準的同時，回應著筱雨。

這時候的筱雨很可愛地拿起了自己的背包、掏出了錢包，再從錢包裡面抽出了一張五百元鈔票，壓在了晴天面前。

「我和你比！」此話一出，大家都笑了出來，在場的每個人都知道晴天的實力，因此都等著看熱鬧。

「筱雨，不要浪費錢啦……」唯獨小松有點想要保護筱雨的心態。

「沒比怎麼知道呢？」筱雨說。

晴天默默看著桌上的五百元，微笑了一下，接著就從自己的口袋中也找出一張五百元的鈔票，壓在筱雨面前。

「好呀！」

這時候太陽等人退到了一旁，抱著看好戲的心態，將飛鏢交給了兩人。

「就比５００分。」筱雨說。

晴天二話不說，第一鏢就射中了紅心，也就是５０分、第二鏢繼續射中了紅心，累積至１００分，第三鏢則稍微偏離了軌道，總計累積１２０分。

小松看了直搖頭，晴天雖然很久沒玩，但是實力依舊堅強。

「換我了嗎？」筱雨笑著走到前面。雖然預備射出的手勢看起來有點笨拙，但是眼神卻異常堅定。

飛鏢一離手，正中紅心。太陽睜大了眼睛，小松則是鬆了口氣。第二鏢出手，又是正中紅心，不可思議的是第三鏢，依舊紅心。

晴天的笑容頓時消失了，並且開始收斂心神認真投射每一鏢，只不過，不管晴天多麼神準，筱雨總是可以在隨後立刻追回。最後結果，筱雨以將近１００分的差距，率先達到５００分。

「這樣，算是我贏了對嗎？」晴天的表情，在筱雨最後一鏢射中時顯得非常難看，眾人也都沒有想像到會是如此展開，氣氛頓時有點僵。

只不過，晴天看著筱雨的臉，慢慢地露出了微笑，那感覺，就像是找到了對手般地開心，畢竟平時沒有人敢挑戰自己，現在則是有了一個好對手。

「再來！」晴天吆喝著，那天晚上，他們總共比了二十場，累積下來，晴天還欠了筱雨九千元的賭注。

在後來的演出夜晚，晴天總是會提出一項又一項的比賽，試圖要把自己輸掉的部分贏回來。只不過，平常在眾人眼裡總是天生贏家的晴天，遇上了智商接近２００的筱雨，我真不知道，他有什麼事情是會有勝算的。

除了飛鏢之外，晴天拿出了撲克牌，不管是大老二、十三張、梭哈，筱雨都是贏多輸少，晴天因為撲克牌欠了筱雨大約兩萬元。

隨後，晴天向店裡要了骰子以及骰盅，希望藉由「吹牛」等遊戲，可以贏回自己的面子，只不過，晴天在那幾個夜晚都是爛醉回家，雖然沒有輸到錢，但是喝掉的酒錢也不少。

又過了幾個禮拜，開始划起了酒拳，但是結果和骰子沒兩樣，筱雨的反應快到晴天嘖嘖稱奇。一邊喝酒，一邊大叫說：「這世界上怎麼會有人的反應這麼快！」然後，晴天又是爛醉回家。

原本阿亮等人打算阻止晴天繼續這些行為，只不過太陽的一番話，說得樂團其它人相當認同。

「你們曾經看過晴天那麼開心嗎？平常的他就像是小時候找不到玩伴一樣孤獨，現在有了人和他較量，他高興都來不及了！」太陽說。

只不過，正在和筱雨比撞球的晴天，這時候氣得把球竿丟在了一旁，大叫著。

「不玩了、不比了，比什麼都是妳贏！哼……」晴天露出了如同小孩子一般的性情，這是連團員，甚至夜店的人看都沒有看過的一面。

「要什麼脾氣呀你……你明明很開心不是嗎？」這時候太陽走了過來，故意虧了晴天一句。

「說什麼呀你！」晴天有點不太自然。

「真要比的話，一定有一件事情可以贏的呀！」太陽說。

「什麼？」

「阿亮，把酒拿過來，筱雨，來！」太陽大聲的指示著每個人，於是阿亮搬了一箱啤酒，筱雨也從球檯邊走了過來。

「來呀，晴天和妳比酒量，敢不敢？」太陽一把將酒瓶放在了筱雨面前，筱雨睜眼瞪著太陽。

「不敢呀？」太陽語帶挑釁地說。

「一人一瓶，喝不下的人輸。」

太陽分別把酒給了晴天和筱雨，晴天一開始還有點猶豫，只因為筱雨二話不說就拿起酒瓶乾了起來，這讓晴天以為這場比賽，又要像其它比賽一樣了，趕緊也拿起酒瓶，就往嘴裡灌。

只見筱雨喝完了一瓶酒之後，雙眼發直地看著晴天。

「……我們……可以改天……再比嗎……？」說完之後，筱雨躺在了桌上，動也不動。晴天放下了正在狂飲的酒瓶，瞪了太陽一眼，然後看著筱雨。

看著筱雨睡著的表情，晴天的內心，產生了奇異的變化，他察覺，這是以往他所沒有過的感覺。

然而這感覺，卻夾帶著一些不安……

第十五話
味道

「音樂牆」的消費不算太低。也因此，進來的客人多半都不是學生，上班族佔了比較大的比例。

也就是說，「太陽樂團」在這樣的環境裡以一個學生團來說，其實真的相當受歡迎。

另外也可以說是吉他手晴天的魅力，早就超出了校園，很多女性上班族都是特地來看晴天表演的。

筱雨跟著「太陽樂團」一陣子之後，漸漸發現，其實晴天不是每場演出都會唱歌。像上一次在學校裡舉辦的大型演唱會，可以聽到晴天的歌聲，對於我們學校的同學來說，真的是一種額外的福利。

因為就連在「音樂牆」有人出小費要晴天開口，也不見得會有回應。晴天只有在特定情況，才會開口演唱。

所謂的特定情況就是有辣妹在場的時候。那種感覺就像是，只要是晴天看上了獵物，他就會使出「唱歌」這項捕獸利器，將獵物帶回家。

筱雨在現場看過了一、兩次之後，有時候會和晴天開開這方面的玩笑。

「今天這個不怎麼樣，不需要帶回去吧？」筱雨說。

「關妳屁事，妳專心彈琴！」晴天說。

假如說，要和晴天交往的話，最大的問題就是這一點，我自己無法克服，因為我根本不能接受，我的男朋友在我不在他身邊的時候，就會去找別的女生。

看起來，這一點對筱雨來講，也是最大的挑戰。如果說，他們兩個順利交往，但是晴天依然會趁著空檔，與別的女生出去的話，筱雨就算在自己的愛情挑戰中輸了。

每隔一陣子，樂團會舉辦所謂的慶功宴。有時候會到太陽家、有時候在阿亮家，基本上都是吃吃火鍋、喝喝酒，因為對他們這幾個男孩子而言，並不會奢望可以吃到什麼像樣的料理。

「你們每次都吃這個，不會膩嗎？」筱雨問。

「不然咧，不然要吃什麼？」阿亮反問。

「有時候可以煮些菜，做些料理之類的來吃吧？」筱雨說。

「誰做？妳做？」阿亮又問。

「我是可以做呀！」筱雨說。基本上，我記得筱雨也拿過校內的烹飪比賽之類的冠軍。

「好呀，那下一次去晴天家裡，妳就下廚做幾道菜給大家嚐嚐吧！」太陽正夾著一個虱目魚丸往嘴裡塞。

也許是大家含糊地說著、也許是晴天自己記錯時間。到了約定好的那一天，眾人已經抵達他的房間外時，卻似乎沒有開門的打算。

「晴天，我們到了！」透過監視器筱雨等人表達了來意，只不過大門還是一樣聞風不動。

「晴天，搞屁呀！說好要來你家吃東西，你是忘了喔？」太陽比較急躁，對著監視器吼著。

終於，大門在這個時候開啟了，我們幾個人，走進了晴天的房間。

「你躲在房間裡搞什麼啦？」阿亮衝進晴天的房間後，立刻就知道了原因。一名下半身只穿著內褲、上半身只罩著一件大襯衫的女生，慵懶地躺在了晴天的床上。

晴天則是躺在一旁，有點睡眼惺忪。

「……是今天嗎?你們是約今天來吃飯的嗎？」晴天雖然裸著上身，但下半身依舊套著那件老舊的牛仔褲，看起來十分性感。

大家看著屋內狀況，不用說也知道剛才在做什麼。

筱雨非常識相地打著招呼。

「嗨，妳好，我是筱雨，要留下來一起吃飯嗎？」筱雨說。

「不用了，她要走了。」晴天不等女生回應，便直接回答了筱雨的問題。

「嘿，帥哥，我是可以留下來吃飯呀，如果你希望的話……」女子的腿十分美麗修長，惹得司徒不停偷瞄好幾眼。

「我不希望呀！」晴天冷漠地回應，使得這位一直很優雅的女子，忽然變了口氣。

「現在是怎樣？你把我當妓女呀？一個小時前才叫我來，現在立刻就要叫我走，你以為你是誰呀！」女子不再躺在床上，而是憤怒地站了起來，邊說話邊尋找著她的長褲。

「我沒有叫妳過來吃飯，我只叫妳過來陪我。現在有別人來作陪了，妳就可以閃了。」晴天當著大家面前說出這樣的話，讓每個人光是站著呼吸就感到空氣不自在。

「沒關係呀晴天，我們買的分量很多，多一個人吃沒關係……」筱雨出來打著圓場，只不過這時候的晴天卻不耐煩了起來。

「妳走吧，我不希望妳留下來吃飯，好嗎！」晴天說完話之後，逕自走入了洗手間，絲毫不理會女子，讓在場的人只能面面相覷。

「你好樣的，你以後不要找我！」女子穿上了自己的長褲之後，一手抓了胸罩，便往門外走，不用說，想必心裡非常不高興。

「ㄟ……那我先去做菜好了……」筱雨往廚房走去的同時，她看到了晴天牆上的月曆上，在這一天有標記著—樂團聚餐 in my house。

這也就是代表著，晴天並沒有記錯日期，只不過在筱雨等人來臨之前，他還是打了電話叫那女生過來，只為了填補中間這一個小時的空白。

當筱雨走進廚房之後，太陽他們為了消弭尷尬，大聲喊著。

「好啦好啦，先喝酒吧！」於是在等待筱雨的料理出爐之前，五個大男生便各自開了瓶啤酒暢飲了起來，晴天也像是沒發生過什麼事情一樣，和每個人痛快地乾杯著。

筱雨則是一個人很神祕地將一道道料理端上了桌，只不過，她刻意將每道菜都用大號碗盤蓋了起來，以至於每個人都不知道筱雨葫蘆裡賣得是什麼藥。

「好啦，讓你們久等了！大家過來吃飯吧！」筱雨用筷子敲打著碗盤。

「好香唷！到底都煮了什麼？」阿亮伸出手就想要掀起蓋在料裡上的盤子。

「不准動！這個要由我一道一道來介紹。」筱雨出手又快且狠，響亮得打了一計阿亮的手。

「第一道菜是清蒸鱈魚。」筱雨像是開獎般地掀起盤子，鱈魚的香味撲鼻而來，大男生們個個都垂涎三尺。

唯有晴天露出了不解的神情。

「第二道菜，豆干肉絲。」筱雨重複著相同的動作，團員們只是更加飢饞，但是晴天的眉頭，這時候微微地皺了起來。

「香菇蒸蛋。」

「培根高麗菜。」

「醬爆肉絲。」

隨著筱雨揭曉的一道道料理，太陽他們早就顧不得其它的事情，每個人端起了碗筷開始了狼吞虎嚥，只不過晴天依舊是杵在原地，似乎對於筱雨端出的菜色，感到十分不解。

「怎麼了晴天，不會連廚藝都想要和我比吧？」筱雨逗趣地說。

「為什麼你會想煮這些菜色？」晴天銳利的眼神，盯著筱雨的臉，露出了像是看不透這個人而感到恐懼般的神色。

「你先吃吃看再說。」筱雨各自夾了一點放在了晴天的碗裡，晴天看著碗內，竟然出現了沉重的表情。

這時候晴天總算動起筷子，夾了一口豆干肉絲放進嘴中之後，眼睛瞪了老大看著筱雨，像是不敢相信會嚐到這樣的味道的驚訝。

晴天接著又把每一道菜都夾進了口中，筱雨發現，晴天的眼眶，泛著微微的紅。這時候她挨到了他的身邊，咬著他的耳朵。

「不是只有身體才可以填補寂寞唷！」

筱雨的嘴角透露出詭異的笑容，晴天在這瞬間第一次發現，這個替身鍵盤手，遠比他自己想像中來的不單純。

然而，他還沒察覺，自己的情緒，已經逐漸隨著筱雨的所作所為而起伏著……

第十六話
不過是寂寞

「太陽樂團」在「音樂牆」的表演時間是每週一、三、五，也就是說，禮拜二、四這兩天，團員們不會見到面。

已經上了大四的晴天，每天的課更少，到了禮拜二，幾乎整天都沒有事情做。然而只有晴天自己心裡面知道，這一天對他來說，是最難熬的日子。

晴天在星期二的晚上七點左右，搜尋著自己手機的通訊錄。他知道，只要他想，隨便都找到一個女生陪他，不管是吃飯、喝酒、接吻、上床……

只不過，當他鎖定了某個女性的電話號碼時，耳邊，忽然響起了筱雨說的那句話。

「不是只有身體才可以填補寂寞唷！」

不情願地放下手機，他不喜歡被看透的感覺，但是對於筱雨做的事情，他的心頭，又感到一股溫暖。

那味道，不是一般的味道……

打開了冰箱，將前兩天筱雨在他家所烹飪吃剩的料理端了出來，放進了微波爐當中。

太陽他們一定想不到，那一盤一盤吃剩不到幾口的菜，他不但沒有丟掉，反而是放進了冰箱裡，只因為，他太懷念這些口味了。

「為什麼？筱雨可以做出這些味道？為什麼這個人的事情會一直充斥在我的腦海中？」晴天的心裡閃過了幾句自言自語的對白，在吃了最後幾口清蒸鱈魚之後，他披上了外套，往「音樂牆」前進。

走進「音樂牆」，發現客人不多，也許是因為這天是「太陽樂團」的休息日，因此沒什麼人願意來。只不過，這不是他來的重點，雖然不知道自己為什麼會在今天晚上走進來，但他還是點了杯啤酒在吧台邊坐了下來。

「唉唷，稀客唷！沒看過你在非表演的日子出現在這邊……」酒保帶著半點玩笑的口吻和晴天說著。

晴天沒搭腔。

喝了一口啤酒之後，四處張望著，客人真的不多，他帶點失望，坐了沒多久，便喝掉了一杯生啤酒。

丟了兩張鈔票在桌上，起身打算離開，這時身後傳出了聲音。

「要走了呀？不敢和我比飛鏢嗎？」晴天不用回頭，就可以判斷得出，這聲音的主人是他們樂團的代班鍵盤手—筱雨。

「誰怕誰！」晴天轉了身，看見筱雨的臉。不知怎地，他的心裡踏實了起來。他克制住自己的臉，不展現任何笑容，看起來，卻是有著那麼一點不自然。

筱雨操作著飛鏢的機器，問著。

「今天比多少？700？」

「都行。」晴天冷冷地回應著。

「那我先了。」筱雨按完了機器之後，回到了比賽的線上，第一鏢出手，正中紅心。

「今天怎麼有空來?沒有妹約你喔?」筱雨在瞄準的同時，一邊問著晴天。

「不是每一天都需要妹在身邊的……」晴天坐在了筱雨身後的高腳椅上。

「是嗎?你說的是別人，還是你自己?」談話之間，筱雨的飛鏢已經射完，輪到晴天上場。

「那些女生，都是自己貼上來的，不關我事。」晴天穩穩地射出了第一鏢。

「說得真好!只要是別人主動，就不用負責任了對吧?可憐的女生們……」這時候換成了筱雨坐在了晴天身後的高腳椅上，悠哉地說著。

「……妳不懂……」晴天很快速地第二鏢和第三鏢脫手而出，第三鏢正中紅心50分。轉身走回座位，筱雨一個跳躍，從高腳椅上跳了下來。

「我當然不懂。」筱雨這一鏢瞄準得比較久，話也說到了一半就停止。在筱雨瞄準過程中，晴天沒有說話，但筱雨的飛鏢一出手，同時也開了口。

「不過是寂寞罷了……」飛鏢正中紅心的厚實聲，像是結結實實地刺進了晴天的心臟，這個自己內心深處最大的恐懼，從來沒有這麼赤裸裸地被人說出來，並且是在比賽飛鏢這麼輕鬆的時刻。

在那之後，筱雨沒有再開口說話，只是繼續把飛鏢射完，晴天也是。比賽結果，筱雨再度以１００分左右的差距，領先晴天。

晴天面無表情的從口袋裡面掏出了五百元，丟在了高腳椅上面。

「妳贏了，我要走了。」晴天的情緒很顯然被激怒了，他二話不說轉身打算離開，筱雨一個跨步，擋在了他面前。

「不是每個人都會離開你的，不用害怕對別人付出感情。」筱雨說得字字清晰，然而對晴天來說，卻像是鉛球般沉重。

晴天推開了筱雨，臉上的怒意不減反增。

「別以為自己什麼都知道……」

晴天留下了這麼一句話之後，走出了「音樂牆」，邊走邊搜尋著手機裡的通訊錄。

「喂，Monica，能來陪我嗎？」晴天沒有再說別的話語，掛上電話後，便搭著車回到了自己的住處。

晴天宿舍的門口，一名留著短髮，身材與面貌姣好的女生，好整以暇地等著他的到來。

一見到女子，二話不說，緊緊地抱住了她，然後貪婪地、飢渴地，在女子的頸間、耳間以及嘴唇周圍，讓自己的舌頭遊走著。

「喔……等一下，晴天，等一下！」女子雖滿足，但身處住宅區的大馬路邊，心裡也不免尷尬。只不過，卻抵擋不了晴天猛烈的攻勢。

「等等……晴天，我們到屋裡去好嗎？」晴天像是聽懂了女子的話，雖然移開了自己的嘴唇，但一把摟住了女子的腰，一手拿出了鑰匙，就將女子拉進了自己的房間內。

兩個人一路跌跌撞撞進了房，倒在了地板上，晴天急迫地將女子身上衣物褪去，更是用單手解開自己牛仔褲的鈕扣，整個房間的燈都還沒打開，就只聽到女子的嬌喘聲。

晴天雙手並用脫去了女子的內衣，耳邊不知怎地，忽然又響起了筱雨的那句話，以及飛鏢射中紅心的沉重聲。

「不過是寂寞罷了……」

「不是每個人都會離開你的，不用害怕對別人付出感情……」

「不過是寂寞罷了……」

隨著男人與女人的身體交纏的每個瞬間，兒時的記憶畫面，開始一幕幕出現在晴天眼前。

一個男孩獨自坐在門前，看著遠方，等待離家出走的母親歸來。

一次、又一次……母親總是告訴男孩，這一次回家後，她就不會再離開了。母親總在離家出走後回來的那一天晚上，煮上男孩最喜歡吃的菜餚。

「清蒸鱈魚、豆干肉絲、香菇蒸蛋、醬爆肉絲……」男孩忘不了母親這幾道菜的味道，雖然男孩長大之後就再也沒吃過，但他記得那個味道，只要再吃到一次，他一定會想起來……

男孩最後一次坐在門口，等候母親回家的那天晚上，男孩失望了。回家的不是母親，取而代之的是警車的警鈴聲，以及兩名嚴肅的警務人員。他們和每天不停酗酒的父親說了幾句話後，離開了男孩的家，而那天晚上的父親，只沉溺於更多酒精中……

晴天正打算進入女人的身體時，抬起頭的他，眼光剛好落在了餐桌上的剩菜，那一盤清蒸鱈魚留下的魚刺，忽然映進了他的心。

晴天的身體瞬間冷卻了下來，留下了還處在激情中的女子，氣息紊亂地喘著。

「快點……進來……」女人的聲音極其誘人，話沒說完就發現自己的眼前被一團布料蓋住，定睛一看，才發現晴天竟然把自己的衣物通通丟在自己的臉上。

「幹嘛?是怎樣!」女子微微不悅。

「出去……回去、回去!」第三個「回去」，晴天幾乎用盡了嘶吼的力道，搞得女子嚇得不敢多說，趕緊著裝完畢，三步做兩步跑出房間。

晴天抓起了那個盛著剩菜的盤子，用力地、憤怒地，砸在地上，四濺的玻璃碎片傷了自己的手，只不過，他自己知道，痛處，在心臟……

第十七話
荷爾蒙

禮拜三的夜晚，「音樂牆」。還不到七點，客人就已經成群聚集在舞台旁邊，大家心裡有數，他們全都是來看「太陽樂團」的，內行的人就知道，大部分的人都是來看晴天的。

當天晚上，樂團裡最先抵達的是太陽。他坐在吧檯邊叫了一杯龍舌蘭，這是太陽的習慣，他說這樣可以讓嗓子更開，讓聲音更亮。他知道，團員會陸陸續續進來。「太陽樂團」的成員都是人來瘋，絕對不會錯過任何一場表演的機會。

果不其然，筱雨、阿亮、司徒，三個人都在表演前的二十分鐘左右走進了「音樂牆」，只不過，讓太陽意外的是，通常都是第一個到達現場的晴天，今天卻晚了。

「筱雨，晴天呢？」太陽問。

「我怎麼知道，問我？」筱雨沒好氣地。

上台前五分鐘，太陽等人開始走上舞台確認自己的樂器以及音量，這個時候，「音樂牆」的門口總算出現了令大家熟悉的身影——晴天，走了進來。

但是和往常不同的是，晴天的手上，綁滿了繃帶。

「這是怎樣？今天扮演木乃伊？」阿亮開著玩笑，不過晴天絲毫不理會，自顧自地走上舞台，調整著電吉他的音量以及音準。

筱雨看著晴天包紮的手，微微地露出了笑容。

「沒事吧？上台可不要出狀況唷！」太陽問。

晴天不回答，直接刷出了一個和絃，並且任由手指在電吉他上跑著，聽起來，他的手比平常還要靈活，完全聽不出來有受傷的跡象。

「……喔……沒事就好！」太陽看起來也不太敢招惹晴天。畢竟，晴天算是

「太陽樂團」的一塊活招牌。

「one、two、three、four……」隨著阿亮的鼓點一下，「太陽樂團」和諧地彈奏並沒有任何改變，反而電吉他的聲音聽起來更專注、更突出了。

這一晚，晴天主動地在整個表演結束之後，要求要加演一首歌。太陽的表情，有些微驚訝。

「今天晚上，我心情不錯，我想要唱首歌。」隨著晴天的宣言，全場的客人發出了驚人的分貝。晴天要主動表演，這不是一般可以遇到的機會。

「這首歌，獻給我的母親，希望她會喜歡。」晴天的電吉他一下，樂團的每個人都知道他要演唱哪首歌曲，立刻跟上配合。然而這一個夜晚，晴天的歌聲，格外動人，就連筱雨，都愣然了。

晴天的抒情歌曲一句接著一句，聽得在場的每個人都醉了。然而，可能只有筱雨知道，在他歌聲中，那細微的改變是什麼，那是發自內心的想念，希望可以傳遞到天國的聲音。

眾多的客人當中，有一名戴著黑框眼鏡沒有鏡片的男人，探頭問了一下酒保。

「這個唱歌的人是誰呀？」眼鏡男問。

「啊？」只不過因為歡呼聲過大，酒保無法聽清楚。

「這個幫我交給唱歌的吉他手。」眼鏡男索性拿出一張名片，交給了酒保，接著，便走出了「音樂牆」。

酒保看了一下名片後，驚訝地說不出話來，他急得向台上的晴天揮舞著雙手，只不過晴天專注於他的表演，並沒有注意到酒保的手勢。

最後一句歌詞唱完之後，全場爆出了熱烈的掌聲，這也代表這個夜晚「太陽樂團」的表演到此為止。不等樂團的人走下台，酒保立刻衝上舞台，想將剛才的名片，交給晴天。

「剛才有人要我把這個給你。」酒保興奮地將名片遞給了晴天，並且站在原地，等著他的反應。

晴天瞇著眼睛看著名片，眼睛越睜越大。

「星河唱片的人？不就是『歌神』的那間公司？」晴天顯然也感到異常興奮，只不過對於他這樣的人來說，情緒，是不應該表現在自己臉上的。

這時候筱雨湊了過來。

「哇！星河唱片耶！晴天，你要出名了！」筱雨說。

「少來，妳根本不覺得這很了不起吧！」晴天說。

「不會呀，他是聽了你的聲音才留名片的，我真的覺得很棒！」筱雨說。

「發自內心覺得？」

筱雨這時候忽然不講話了，她離開了晴天的身邊，反而跑到自己的背包旁。晴天覺得自找沒趣，也走下了舞台。

晴天這時候發現，他的手機裡，有著一則簡訊，點開了來看。

「我不是發自內心，而是發自手機，行嗎？」發送這則簡訊的人，就是筱雨。

晴天笑了，跑到了筱雨身邊。

「妳這傢伙，還以為只有鍵盤彈得好，沒想到還挺幽默的……」晴天笑著說。

「唷，天才晴天承認我的 Keyboard 彈得好呀，老天要下紅雨了。」筱雨說。晴天被筱雨的話激得臉都紅了，想來像他這樣的音樂天才，從來也沒說過哪個人的樂器彈奏得好吧。

「妳只是彈得剛好而已，哼！」為了顧全自己的面子，晴天立刻又擺起了架子來，他沒料到筱雨這時候的手，忽然放在上自己包滿綳帶的手上，他嚇得耳根子瞬間紅了起來。

「你的手沒事吧?怎麼會忽然受這麼嚴重的傷?」筱雨的溫柔讓晴天尷尬異常，趕緊將自己的手挪開。

「為了……為了練飛鏢呀……怎樣，不敢和我來一盤嗎?」晴天說。

「誰會怕你呀，手下敗將!」

「哼，我之前都沒有拿出真本事罷了……」

「很好呀，那就讓我看看你的真本事吧!」筱雨邊說邊笑，對於晴天這樣不認輸的個性，她心裡覺得，真的很像個小孩子。而太陽、阿亮以及司徒在一旁，看著這兩個互不認輸的人，暗自覺得有趣。

「晴天……什麼時候有過這樣的表情？」太陽問。

「沒有，我從來沒看過……」阿亮說。

「他該不會喜歡上筱雨了吧？」司徒也搭腔。

「你是說，真的喜歡的……那種……喜歡？」太陽揚著眉。

「對，就是真的喜歡的……那種……喜歡……」司徒說。

「不太可能吧，晴天應該只是把她當成哥兒們吧？」阿亮說。

的確這時候的晴天，面對著每天素顏、牛仔褲以及大T恤的筱雨，並沒有太多想法。只不過，太陽三個人聊天的內容，卻被一旁看似專心射飛鏢的筱雨，清楚聽進了耳中。

對筱雨來說，目前為止的進度，都一如她在企劃書裡寫得一樣，在事後我看過她的企劃內容，筱雨幾乎是零誤差地在執行著。

我雖然是之後才知道筱雨的計畫，但是每當想起了她這一切的布局，我總是不得不佩服筱雨的腦袋。

晴天在這個時候並不知道自己陷入了什麼樣的設計之中，但是隨著筱雨做的每件事情，我們都了解到，筱雨的腦筋，絕對不是只有智商接近２００這麼單純。

大四上學期，秋天。

島國內的首都因為長期沒有下雨，陷入了缺水的窘境，政府下令，每個地區要輪流供水，只有晴天一人，每天還是可以得到小雨的滋潤……

第十八話
曖昧的氣候

大四上學期的期中考之前，筱雨除了晚上忙樂團的表演之外，其實白天的活動她也沒有停止過。在這段時間內她又拿到了許多項比賽的冠軍，這方面可是「太陽樂團」裡的人，都無法想像的。

每個禮拜一、三、五晚上表演、每個禮拜天下午練團，這已經成了筱雨生活中的行程之一，但是另外不成文的行程，也悄悄成形。

也不知道是筱雨有心，或是晴天故意，兩個人在某一次的比賽，筱雨輸掉了賭注，而這個賭注就是每個禮拜四晚上，筱雨要到晴天家裡做菜給團員吃，不管當天晚上大家有沒有空，至少那一天一定要做給晴天吃，那幾道令他懷念的菜餚。

很不可思議地，通常獲勝率高達九成的筱雨，卻在這次的比賽輸給了晴天，也因為如此，她的行程裡，就多每個禮拜四晚上的這件事情。

然而每個禮拜二的晚上，筱雨和晴天也會不約而同到「音樂牆」喝喝啤酒、射射飛鏢、玩玩撲克牌。

也就是說，一週內，他們兩人見面的時間，多達六天。除了禮拜六之外，幾乎是天天相處。

晴天本人也許有察覺，但卻不願意多說，他知道自己喜歡這樣多和筱雨見面，只是不願意去探究，那是什麼感覺……

某個禮拜二晚上，酒保見到晴天和筱雨又因為玩牌而開心地互相推擠的時候，不經意說出這麼一句話。

「你們兩個看起來像是對情侶呀！哈！」晴天一聽這話，立刻身體僵硬得和筱雨保持了點距離，只不過，筱雨則是開心得大喊著。

「拜託，晴天這麼花心，誰敢和他交往呀！」

晴天一聽筱雨這樣說，隨即不認輸地反駁。

「妳這樣的男人婆，才沒有人願意和妳談戀愛吧！」

只不過，晴天的話一說出口，就發現自己實在沒什麼說服力。自從筱雨在暑假期間加入「太陽樂團」之後，雖然一開始皮膚黝黑，但是隨著時間經過，已經逐漸恢復到我當初認識她時的白皙，那種女人味十足的模樣，加上她一頭長髮，要不是現在因為玩團，穿著打扮都比較中性，否則任何人都很難用「男人婆」三個字來形容她。

筱雨瞪了晴天一眼，之後兩個人再沒有接話。但很巧合的是，當周的禮拜四，原本約好了團員到晴天家吃飯，忽然在禮拜三，個個宣布隔天晚上有約。

「不好意思，我得要去惡補一下，不然期中考過不了……」太陽說。

「我家裡有事，這禮拜就不去吃筱雨的拿手菜了……」貝斯手司徒如是說。

「我約了個妹子……」阿亮如是說。

「約了妹子就一起帶來吃呀！又不怕多個人吃飯！」晴天一聽拍著阿亮的肩膀大叫著。

「第一次約會，就帶來跟你見面？我再怎麼笨也不會這麼自取其辱吧……」阿亮的回答讓晴天有點哭笑不得。

「現在怎樣？所以這禮拜還去不去你家吃？」筱雨斜著眼睛盯了晴天一下。

「來啊！為什麼不來？他們不吃，我要吃呀！」晴天有點耍著脾氣說。

「行。」筱雨噘著嘴，點著頭。

到了禮拜四當晚，筱雨準時抵達了晴天家，手上拿著一袋袋的食材，沒手開門。

「快點來幫忙啦！」筱雨叫著，使得晴天急急忙忙衝了出來，七手八腳幫著筱雨把一堆菜帶了進來。

「怎麼今天買這麼多？」晴天忙著提塑膠袋，一時之間沒看清楚今天筱雨的模樣。

「多煮一些，怕你不夠吃。」兩人提著塑膠袋進了門，往廚房走去。

「下禮拜再煮不就好了？」晴天這時候把東西放到了廚房時，才看清楚了筱雨今天的打扮。

筱雨今天不但將長髮盤了起來，露出了美麗的頸子，也上了一點點妝。我說過，當看過筱雨打扮的人，不會有人不承認，她是個超級美女。

筱雨在薄外套的裡面穿著粉紅色的無袖背心，有點低胸，略微貼身，把她的身材襯托地十分明顯，不但乳溝若隱若現，上圍也不像平時那樣看起來沒料。

除此之外，筱雨下半身穿上了自從進入樂團以來第一次的短裙，原本就又白又細的雙腿，讓人不想盯著看都不行。

「下禮拜？我怕之後沒什麼機會再來煮了啦！」筱雨一邊弄著食材，也沒注意到晴天這時的眼神，因為看到了自己外在的變化，而雙眼發直。

「啊？」晴天搖了一下自己的頭，像是沒聽清楚筱雨剛才說的話。

「這禮拜天要和小松見面，他的手，好得差不多了。」筱雨手腳很俐落地處理著砧板上的肉。

「所以呢？」晴天問。

「所以如果他的手恢復了，就可以歸隊了呀！」筱雨說得很輕鬆，但這句話卻讓晴天陷入了沉思。

「歸隊……然後呢？」晴天問。

「歸隊的話，我就不是你們的團員了，那我還有必要每個禮拜來這邊做菜嗎？」筱雨說。

「為什麼不行？還是可以吧！」晴天沒好氣。

「神經，我又不是你們誰的女朋友，我幹嘛要每天來做菜。別人也會誤會的，搞不好，現在我來你家的這件事，就已經有很多你的粉絲，在背後釘我的小人了。」筱雨拿菜刀的手，快速地切著。

「神經病！最好有這種事情。」晴天皺著眉。忽然，筱雨的菜刀掉落在水槽裡，雙手抱著自己的肚子，作勢就要往後倒。

「啊……真的有人……在刺我的肚子……」筱雨表情逼真，晴天立刻一把抱住她。

「沒事吧妳？喂！」晴天神色慌張，卻看到筱雨扮了個鬼臉，才知道自己被騙。

晴天意識到自己將筱雨抱在了懷中，又看到了她露出的微微乳溝，他自己第一次發現，筱雨，是個非常有吸引力的女人，他體內的男性荷爾蒙有因此而比平時分泌更大量。

「所以呀，我今天多煮一些，也許你可以冰起來，之後微波來吃就行了。」筱雨恢復了站姿之後，俏皮地繼續處理著她的食材。

晴天低著頭，不再搭腔，默默走出了廚房。筱雨看在眼裡，嘴角依舊露出了淺淺的微笑。

整個晚上，晴天就像是失去了光彩一樣，他知道自己不能接受，筱雨即將會從他的生活裡消失的這件事，可是一時之間，竟然也找不到任何方法。

「……雙 Keyboard 手，妳覺得如何？」餐桌上，晴天夾了一口豆干肉絲放進嘴裡後，忽然說出了這樣一句話。

「不妥。」

「你們兩個輪流上呢？」晴天又說。

「也怪。」

「搞不好小松功力退步很多了？」

「不可能。」

不管晴天提出什麼方法，筱雨總是冷靜回答，這情形讓晴天有點毛了。

「妳是很想走是嗎?是很不喜歡我們樂團嗎？」晴天的語氣，帶點不悅。

「不是。」

「那妳怎麼都不想想辦法？」晴天索性將筷子停了下來，放在了飯碗旁。

筱雨自顧自扒著飯，夾著菜，半晌不吭聲。

「是怎樣呀？妳不是很聰明嗎？」晴天大叫著。

這時候筱雨也將筷子停了下來，抬頭看著晴天。

「你是希望我留在樂團？還是希望我留在你身邊？你是希望吃我煮的菜？還是希望我陪你射飛鏢？如果你只是希望有人陪，你就繼續打電話找女生就行了，不是嗎？」

筱雨的話直接戳中了晴天心中的疑惑，只不過，從來沒有過這樣感覺的晴天，並不了解自己如今的心情，該用什麼字眼來形容……

那天晚上，兩個人的對話不多，吃得也不多，留下的菜，足夠晴天天天吃，吃上一、兩個禮拜……

第十九話
颱風天

筱雨去完晴天家之後的周日練團日，晴天並沒有出現。

他不想要看到筱雨和小松交接的情景。他鴕鳥地認為，只要沒看到，那麼到了下個禮拜一的表演日時，所有事情應該都會像原來一樣，筱雨來到「音樂牆」表演，和他一起射著飛鏢、喝啤酒。

只不過，事情當然不是這麼進行。當禮拜一晚上晴天第一個抵達「音樂牆」，看到了雙手光滑，沒有任何外在包紮的小松時，他就已經知道，今天晚上，可能不會看到筱雨的身影。

果不其然，當團員陸續抵達、歡迎著小松的歸隊時，只有晴天落寞地看著電子琴，他熟悉的那個女團員，並沒有出現。

那一天晚上，「太陽樂團」失去了靈魂。然而，在場沒幾個人知道，也沒幾個人聽得出來，吉他手的演出，荒腔走板。

表演結束後，晴天不再留下來射飛鏢、不再玩牌，一切的情景，回復到從前，筱雨還沒有出現的那段時間。

隔天的星期二晚上，晴天一個人在家裡，難熬的單身夜晚，他像是希望看到點奇蹟似地，來到了「音樂牆」。

可惜，只點了一杯啤酒坐在了吧台邊的他，依舊失望。他沒有看到他想要見到的人，沒有聽到他想要聽到的聲音。

晴天仰頭將啤酒一飲而盡，丟了兩張鈔票在桌上，起身打算離開，這時候身後傳出了聲音。

「要走了嗎?不和我比飛鏢?」一樣的對白，然而晴天不用回頭，卻也知道，這次是不一樣的人。

「不了，不好意思……我要走了……」晴天轉頭，看到了一名身穿上班族套裝的女人，他知道，那不是筱雨，不是他在等的人。

「這是我的名片，上面有我的電話，如果想找人喝酒，可以約我。」女人很大方地拿出了自己的名片，遞給了晴天。

晴天笑著收下。

當晴天走出了「音樂牆」，看著滿天的星辰，他知道，這幾天的天氣都很好，只不過，他的心裡，卻晴朗不起來。

招了計程車準備回家的同時，順手將剛才收到的名片，丟出了窗外。小紙片，隨著晚風，不知道會散落在何處？

星期三的晚上。

「音樂牆」裡人聲雜沓，就「太陽樂團」一個禮拜表演的三天裡，小周末算是熱鬧的一晚，當然星期五的夜晚更是高潮。

晴天有如行屍走肉般，最後一個抵達了店內。太陽看了他一眼，心裡有數。

「這傢伙這幾天有問題！禮拜一爛到了極點！不知道是不是最近找女人沒有以前那麼順？」太陽小小聲地對著小松說。

「我知道，我有辦法解決。」小松說。

「什麼辦法？你幫他找女人？那你應該先幫我找一個啊！」太陽瞪大了眼。

「你有沒有女人都一樣吧？」小松打趣的說。

當團員們在表演前幾分鐘走上了舞台，各自調整著自己的樂器時，慵懶的晴天，卻只是呆呆站在台上，背著電吉他動也不動。

「發什麼呆呀？不知道我們是花錢來看表演的嗎？」忽然一句很熟悉的聲音，從人群中傳了出來。

晴天立刻抬頭循聲音方向看去，那個站在吧檯邊和酒保聊著天，手上還拿著一杯啤酒的女生，不是筱雨還是誰？

晴天的神情立刻變了，嘴角漾出了淡淡的微笑。

「看表演就安靜地看！吵什麼吵！」晴天立刻對著筱雨的方向叫著。

「筱雨！妳來了呀！」團員們紛紛發現了他們代班鍵盤手的身影，司徒高舉著手揮舞著。

太陽趕緊走到了小松身邊。

「這就是你的方法？」太陽說。

「我猜這方法有效，就……試試看吧！」小松說。

那天夜裡，從晴天刷下去的第一個和弦開始，整晚的音樂，都很完美。店內的人群跳著、叫著，這是典型的，又一個屬於「太陽樂團」的夜晚。

表演結束後，太陽和小松在一旁喝著酒聊著天，晴天與筱雨在吧檯邊坐著。

「你認為晴天和筱雨……在一起？」太陽問。

「有這感覺。我回來和晴天合奏的時候，感覺很不同。所以我才會猜想，演奏走樣，是因為筱雨的關係。」小松說。

「晴天、筱雨、晴天、小雨，這聽起來也怪呀！大晴天的，怎麼會下起小雨，這種天氣現象，不自然對吧？」太陽這個大老粗，胡亂地扯著。

「大晴天下起小雨？是嗎？那恐怕要遇到颱風天才會這樣吧？」喝了酒的小松也胡亂接著話。

一旁的筱雨和晴天，兩個人這時候坐在了吧檯邊，不較量了。

「怎麼，今天不和我比賽了嗎？」筱雨說。

「怎麼比？比什麼都輸妳……」晴天啜了一口啤酒。

「有些事情你一定比我厲害，只是你沒有拿出來比罷了。」筱雨說。

「什麼？喝酒？」

「談戀愛。」

「談戀愛？這事情可以比嗎？」晴天又喝了一口啤酒，這時候他的臉，分不清是因為喝多了，還是因為聊到了這個話題，而略帶紅潤。

「可以比呀！」

「怎麼比？」

「嗯……可以比比看，誰先愛上誰。」筱雨說的話，讓晴天的心頭一震，他撇著臉看著她，心中忽然有一種想把她抱在懷中的衝動。

「這比賽……難度很高……」晴天搖著頭。

「怎說？」

「沒聽過有人一輩子都不表白的嗎？這樣到死都分不出勝負呀……」

「的確，我就是這樣的人。為了要贏這比賽的話，我會願意一直忍住唷！」筱雨的眼中，閃著一種奇特的光芒。

晴天靜靜地看著筱雨，聽著她的話。他忽然，像是懂了什麼，像是決定了什麼。他抿了一下嘴角，試圖想要開口，卻又欲言又止。

「再給我一杯生啤酒。」晴天索性向酒保再要了一杯酒，到手之後，一飲而盡，隨後吐出了長長的一口氣。

「這是幹嘛？口乾舌燥？」筱雨打趣地說。

「我認輸了……」晴天說。看起來，他的身體裡面已經充滿了不少酒精。

「什麼東西認輸了？」

「剛才妳說的比賽……」

「啊？」

「我喜歡妳！我先說出口了，我輸了……」晴天一邊說，一邊揮著手，樣子很是可愛。

「所以呢？」筱雨俏皮地問。

「什麼所以？所以我想和妳交往呀！妳要每天來陪我射飛鏢、打牌、喝酒、玩音樂，還要來我家做菜給我吃！」晴天雙手不停地揮舞著。

「不行。」筱雨笑著。

「蛤？」

「現在的你，還不行。我不確定，你只是寂寞需要有人在身邊，還是一定要我在你身邊才可以。」筱雨說。

「Shit！那要怎樣才行？妳要我怎樣？」晴天看起來昏昏欲睡。

「從今天開始，你不能找我。這段時間內你如果都不會找別人，等到某一天我想見你的念頭勝過了我忍耐極限，我就會忽然出現在你面前。因此，你這段時間內都不可以找任何女生，懂嗎？我有可能明天就去、後天就去、一個禮拜後就去，但只要被我碰到你找女生一次，那就證明，你不是真心喜歡我，而是害怕寂寞而已。」

筱雨說得犀利，可惜晴天已經倒在了吧檯邊，只見睡著了的晴天，嘴邊還帶著笑容，不知道是因為自己終於說出口的告白，還是因為筱雨後面的那段話。

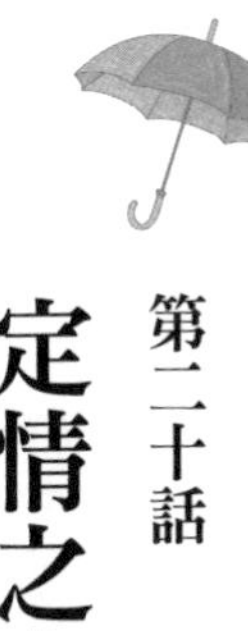

第二十話
定情之夜

秋天的風特別涼爽，晴天還沒驚覺溫度稍微下降了，不經意地打了個噴嚏。

距離他和筱雨告白的那天晚上，已經過了兩個禮拜，這兩個禮拜內，他每天都會到「音樂牆」去走走，每天晚上都會把筱雨幫他做的剩菜拿出來熱熱。

只不過，筱雨依舊沒有出現。

「從今天開始，你不能找我。這段時間內你如果都不會找別人，等到某一天我想見你的念頭勝過了我忍耐極限，我就會忽然出現在你面前。因此，你這段時間內都不可以找任何女生，懂嗎？我有可能明天就去、後天就去、一個禮拜後就去，但只要被我碰到你找女生一次，那就證明，你不是真心喜歡我，而是害怕寂寞而已。」

筱雨的話，迴響在耳邊。

的確，這兩個禮拜內，因為她的話言猶在耳、因為告白的興奮還持續在心裡發酵，所以他可以依賴著這些因素，不去面對寂寞、不去害怕孤單。

然而當冰箱裡的剩菜逐漸過期、當期中考的壓力慢慢逼近、當秋天的風一陣陣吹拂過心頭時，晴天知道，真正的考驗，才正要開始。

「強烈颱風米克已經登陸北台灣，請各住戶嚴防豪雨……」才剛熬過了星期二夜晚的孤獨，以為星期三可以憑著表演的熱鬧，多熬過一天。這時才注意到電視裡的報導，不光只是秋天讓溫度下降，颱風的來訪才是這兩天異常氣候的主要原因。

「喂，太陽，今天『音樂牆』還有營業嗎？」晴天在下午撥了個電話給主唱。

「營業個屁啦！外面風大雨大，嚇死人了！今天休息。」太陽在手機那頭說。

原本還認為自己可以安然度過這麼一個晚上的晴天，當天色轉暗，屋外的風聲不停，晴天漸漸感覺到，心裡面的魔鬼，正呼之欲出。

「打個電話……找個人來陪……」這個念頭，在他的腦海中，不停出沒。

而他，也像是受了制約般，在屋內不停地拿著手機走來走去，無法自處。

他試著將冰箱內的食物拿出來加熱，藉以轉移注意力，只不過，他這時候才發現，所有剩菜，都已經發出味道。筱雨那一次所做的料理，已經不能再帶給他溫暖的感受。

焦躁的晴天，試著透過深呼吸處理自己的情緒，他知道，只要一通電話，一定會有人願意過來陪他，可是這樣不就和筱雨說的情況一樣，他這個男人，最終也就只是一個怕寂寞的人？

晴天播放起經典的西洋樂團歌曲，以求讓自己寂寞的心，可以穩定下來。

他很仔細地聆聽著音樂裡面的細節，包括了每個和弦的走位、每個樂器的合音，因為專注在這些小地方上面，能讓自己的心情，暫時脫離那股氛圍，逐漸回到了冷靜的自己。

只不過，事情，總是不會如此順利。

手機，響了。

好不容易定下心來的晴天，在這種最容易感到寂寞的夜晚，有人主動來電，那就像是在大海中，忽然抓到了一塊浮板那樣的有安全感。

「晴天嗎？你沒有打給我？」手機那頭傳來的是一個成熟女性的聲音。

「請問妳是？」晴天有點聽不出來對方的身分。

「在『音樂牆』，我給了你名片，你說會打給我……」逐漸地，晴天想起了這個聲音的主人的面孔。

一張被晴天丟棄的名片。

「不好意思，名片掉了……」晴天說。

「沒關係，我問到了你電話。怎麼樣，颱風夜，你要不要出來呀？還是我過去找你？」女人的話裡，出現了關鍵字，這讓晴天整個人陷入了一種很兩難的地步。

「妳……」晴天遲疑了。

「怎麼樣?我可以過去找你唷!在這種時刻，我特別想要見到你。」女人的聲音成熟又有磁性，不要說是晴天這種害怕寂寞的人，就連一般男人，對於這種邀約，恐怕能很難拒絕。

「喂，怎樣呢？」對方又再度問了一次。晴天握著手機的手忽然僵硬了起來，停頓在原地的晴天，心裡面的交戰可想而知。

「喂……喂……」

只不過，手機裡傳出的聲音越來越遠，原來晴天拿著手機的手，離他自己的耳朵也越離越遠。最後，晴天中斷了通話。

站在自己的房間中，難受地無法做出任何反應。他相信就算剛才答應了對方的邀約，讓那女人來家裡一晚，筱雨也不會知道。只不過，他過不了自己內心的那一關，因為他以前，已經讓太多女孩子傷心流淚。

晴天繼續播放著他的音樂，利用音量對抗著整個屋內的孤單，以及窗外的風聲，他思考著自己的過往，他知道自己的心，出了什麼毛病。

酗酒的父親、一直被父親家暴的母親、一直離家出走的母親、最後自縊在外的母親……這一段段的童年記憶，讓他的不安全感不停地囤積，最終他成了不敢愛人的男人，偏偏以他的條件，又可以輕易讓女人想要接近他。

於是一個寂寞又不敢付出真感情的男人，就成了任意找尋伴侶的花花公子。明明心中脆弱到會替每個女孩掉淚，卻無法對抗自己的寂寞，讓自己的惡行一犯再犯。

藉著這個狂風暴雨的夜晚，晴天想要徹底地擺脫過去的自己。

或許，筱雨就是那個上帝派來的天使，幫助他拯救自己。

心中的自省和記憶的拼圖，洶湧地一點也不比窗外的風雨來得小。再配合上了重金屬的搖滾音樂，處在這三種暴風的中心，或許才是他可以平衡自己的位置。

整個晚上，沒停歇地，肆虐著。

終於，天亮了，風雨也逐漸小了，不小心睡著的晴天，卻被自己忘了關掉循環而持緒播放的音響給嚇醒。

又是第一首歌，配合著清晨，雖然很搭，但是他已經不需要了。起身關掉音樂，正打算走進寢室睡覺時，門鈴響了。

颱風天的一大早，是誰？

開了門，看見了一名拿著小雨傘全身都被淋濕的女生，依舊是那頭長髮，但是早就被雨水給摧殘過，甚至還沾了一點點小樹葉在髮梢上，而那沾滿了雨水的臉孔，不就是他朝思暮想的筱雨？

「妳怎麼在這裡？怎麼淋濕了？快進來！」晴天嚇得趕緊把筱雨帶進屋內，拿出了大浴巾讓她擦乾身體，卻還是搞不懂為什麼她會在這個時候出現。

「沒有人來……我站在外面等了整個晚上，都沒有人來陪你。我確定，你等的是我！」筱雨一邊發著抖，一邊說出了讓晴天鼻頭為之一酸的話。

晴天愣了一下，接著就一把抱住了筱雨。

「妳在外面站了一個晚上？」晴天問。

「嗯。」即使包覆著大浴巾，筱雨的聲音依舊抖得厲害。

「只是為了證明我不再害怕寂寞？」

「嗯。」

「所以妳現在找到答案了？」

「嗯。」

「其實，還有一件事情，我一定比妳厲害，如果要比的話……」晴天，忽然冒出了這樣一句話。

「什麼？」聰明如筱雨，也猜不透了。

晴天低下了頭，將自己的嘴唇放在了筱雨的嘴上，筱雨微微吃了一驚，接著也回應著晴天的舌頭，自然地，滑動著……

颱風天裡，晴天和小雨，一起出現的自然景觀……

第二十一話
雨過天晴俱樂部

暑假的兩個月，我都忙著打工。很特別的是，這兩個月裡下雨的日子不多，因此，我幾乎一整個夏天都沒有見到雷公和筱雨。

時間長到我都快要忘了我們最後一次見面到底是什麼時候，甚至也快忘了我們上一次聊得興高采烈的話題為何。

但是在暑假結束後，那個強烈颱風米克來臨之前，我有接到雷公的電話。

「芸芸，幫我個忙好嗎？」雷公的聲音既宏亮又清楚，真的沒有辜負他的外號。

「什麼事情？」雷公很少找我，通常都是要訴苦，諸如告白失敗的辛酸，這位先生的電話才會殺至。

「我這個周末約了我想要告白的對象，可是她卻多約了一個人來，現在就變成了兩男一女……妳可不可以一起來呀？這樣才可以剛好是兩男兩女……」果然。我心想。

要不是雷公這一次約的場所是我一直很想去，卻沒機會去成的動物園，我想我也不會這麼爽快答應。

只不過，那次出遊之後，我徹底了解了雷公的個性。

在我們面前說得天花亂墜的他，見到心儀的對象時反而寡言，反倒是我和她聊得還比較多。

米克颱風相當驚人，不但許多地方發生了嚴重災情，龐大的降雨量也造成多處淹水，讓人民叫苦連天。

雖然愛雨天，但是過了頭的颱風天，真的令我有點不能接受。

米克走後的那個周末，可能是颱風周圍環流影響吧，雲層積得很厚，陽光半點都透不出來，我看著窗外，推測著我們要見面的時間總算來了。

沒多久，絲絲的雨水落了下來，我微笑著，帶著新買的小碎花雨傘走出了大門。

基本上，在上一次雷公站在門口等筱雨開門許久，卻沒有回應的事件之後，筱雨打了備份鑰匙給我和雷公，她當時這樣說。

「既然是聚會的場所，就應該是大家隨時想來都可以來才對。反正，我不會在客廳光著身子，所以你們不用擔心忽然進門會看到什麼，因此不見得要到下雨天才能過來玩唷！」

所以這一次當我到達筱雨家的時候，我便想要試試那把鑰匙，我相信她在家，而這種自己開了門闖進來的過程，更有一種屬於我們這群人的地盤的感覺。

當打開門的那一瞬間，我幾乎懷疑，我走錯了地方。這裡有一種時空錯置的感受，因為我竟然在筱雨的房間裡看到了晴天的身影。

上個學期的某一小段時間，我去過晴天家幾次，他家的擺設不是這樣，那一瞬間，我真懷疑我走錯地方了。

「妳好！想不到，筱雨說的是真的！」反而是晴天很開心地看著我先打了招呼，我尷尬地有點不知該做什麼反應。

「那個……是筱雨帶我來的，妳沒嚇到吧？」晴天還是和以前一樣帥氣，只不過，不知道怎麼形容我這次看到他的感受，總覺得，有哪裡不太一樣了。

「你剛才說，筱雨說的是真的，是什麼意思？」我收起小碎花雨傘，也順便收起了我的驚訝。

「筱雨說，只要是下雨天，你們幾個人就會自動集合聚會，你們稱之為『壞氣候俱樂部』。」晴天笑著說。

的確，這樣的聚會型態和一般人不同，我們從很早以前就知道，下雨天，通常不會是大家喜歡的日子。

「對呀！因為我們都喜歡雨天。」我隨口回應著，一邊探頭看著筱雨房間內。

「筱雨不在？」我說。

「在裡面做菜呢！筱雨，芸芸來了。」晴天大聲叫著，那種稱呼的感覺，就像是一對夫妻般的親密。

「沒關係，我進去看。」我並不想和晴天處在同一個空間內太久，因此我趕緊走了進去，想說也順便幫一下筱雨的忙。

「芸芸！妳來了呀！不用幫我弄了，幫我端出去就好，都煮好了。」我看著放在廚房裡的幾道菜餚，分別是清蒸鱈魚、豆干肉絲、香菇蒸蛋、培根高麗菜，還有醬爆肉絲。

「怎麼今天這麼好興致？」我一邊幫忙端菜到飯廳，一邊問著筱雨。

「也沒什麼呀！最近做這幾道菜很有心得，讓大家嚐嚐。順便介紹新成員給大家認識啦！」筱雨綁上了圍裙的模樣很是可愛。

「好香呀！什麼味道？這位是？」忽然從玄關處傳來了雷公的聲音，這位老兄鼻子很靈，還沒進門就已經知道有好料的了。

雷公看到了站在客廳的晴天，感到很陌生，畢竟他也只是聽過晴天的名號，但沒有見過本人。

「我來向大家介紹，這位是晴天，『太陽樂團』的吉他手，我的……男朋友。」當筱雨講到最後一句話的時候，雷公睜大了眼睛，而我的心裡，不知怎地像是有一根細針微微地刺了一下。

「他就是晴天？」雷公上下打量了晴天幾眼，然後看向筱雨，筱雨眨著一隻眼睛對雷公暗示不要多說話。

畢竟筱雨要去倒追晴天，並且挑戰愛情領域的這件事情，如果讓晴天知道了，他心裡肯定不會太好受。

更何況，我都還不知道，筱雨到底葫蘆裡賣的是什麼藥。

我並沒有希望筱雨傷害晴天，只是我也很難想像，如果筱雨真的和晴天交往下去，我會一直處在怎樣的精神狀態就是了。

「來吧，大家坐，這些都是晴天最愛吃的菜，今天是多虧了他，你們才有這個福氣享受呢！」筱雨笑著說。

「哇，這個味道真的不錯！」雷公夾了一塊鱈魚放進嘴巴之後，大聲叫著。

「筱雨，這幾道菜都很好吃耶！手藝真的不錯！」我吃了幾口之後，也大為讚賞。

「芸芸想做的話，也做得出來，我吃過妳做的菜呀！高中的時候……哈哈……」我知道筱雨講得是高中時期我們社團出遊的那幾天，我曾經下廚的那件事情。

「我也記得呀，芸芸把糖當做鹽巴加了進去，大家吃得都不好意思說，每個人都偷偷跑去吐……哈哈……」雷公也說了。但在晴天面前，我真的不太想讓他知道這件糗事。

「好啦，別說了，筱雨這幾道菜我一定會學起來，好讓你們刮目相看！」我不服輸地說。

「你們感情真好！」晴天忽然冒出了這樣一句話。

「我們感情是很好，不過，一直都是三個人，其實有時候也有點寂寞……」雷公說。

「對了！雷公，上一次去動物園的那個，告白了嗎？」我趕緊轉移話題。

「別提了……不同的對象，一樣的結果……」雷公不開心地說著。

「又失敗了？」筱雨問。

「對呀……筱雨，不要再說妳的理論了……夠了，我今天不想聽……」雷公扒著一大碗飯，塞滿了整個嘴巴，兩頰都鼓了起來。

「好啦！不說、不說。不過你自己剛才說，我們一直都是三個人，有點寂寞的意思是？你們願意再增加成員嗎？在我們的聚會？」筱雨說。

「我一直是這樣想的呀！如果我告白成功、筱雨交了男朋友、芸芸也有的話……」雷公話說到一半，忽然意識到我和晴天之前曾經發生過一小段的戀情，語氣霎時有所停頓。

「這樣就六個人聚會，人多熱鬧點！」雷公接著說。

「可是，不是每個人都喜歡下雨天。」我說。

「也不一定要下雨天聚會吧！規則可以改，像是現在晴天加入了，我們就不用一直都是『壞氣候俱樂部』了。」

筱雨看起來很開心，感覺上，晴天的加入，並不是她用來要替我出氣的行為，而是真正高興身邊有著晴天這樣的情人。

那一瞬間，我忽然覺得筱雨很虛偽。

只不過，像是看穿了我的心事般，飯桌下，筱雨輕輕碰著我的手背。

「那不然是什麼？」雷公問。

「我們可以改成……『雨過天晴俱樂部』，怎麼樣？」筱雨的提議，很妙。

一直都是我們之間的精神領袖的筱雨，在這一天宣布了我們聚會名稱的改變，只是誰也沒想到，似乎連之後發展的情勢，也逐漸在這一天之後，產生了變化。

第二十二話
縫隙

「雨過天晴俱樂部」聚會結束後的一個禮拜內，我依舊還在不適應當中度過。我開始祈求，這個俱樂部的聚會時間能夠少一點，甚至是要我退出也不是辦不到的事情。

我討厭折磨自己。

我不停想著晴天如果真的對筱雨動了感情，最後筱雨依照當初和我們說的約定進行，甩掉了晴天的結果，我實在很難想像晴天會有多麼難過。

然而如果兩個人沒有分手，那也就是代表著，筱雨，我最好的朋友，她欺騙了我。雖然我依舊會祝福她，但這已經讓我和她之間，產生了縫隙。

這幾天，好幾次我都想要打電話給筱雨，想要問問她和晴天在一起的經過，想要問問她是不是動了真感情。只不過，想按下通話鍵的手，每次總在幾番折騰後，默默收回。

這個禮拜二的晚上，我依舊湧出了相同的念頭，坐在書桌前，我什麼都不想思考，滿腦子只有晴天和筱雨兩個人的影像。

忽然，手機響了。

我看了一下來電號碼，眼睛瞪得很大。照理說，這是我應該要刪除的號碼才對，卻因為一念之仁，留了下來。不過，還真沒想到，會在這種時機接到他的電話。

晴天來電。

我猶豫了一陣子之後，接了起來。

「喂？」

「喂，我是晴天。」

「我知道。」

「芸芸，很不好意思打給妳，但是我真的沒有其他人可以聊，妳可以出來一下嗎？」晴天的聲音聽起來有點窘迫。

「你要聊什麼？」

「關於筱雨的事情，對不起，我真的沒有別人可以找了。如果妳不願意的話也沒有關係……」我聽得出來，晴天的情況不太好，因為他竟然重複講了兩次一樣的話，只不過，這又會勾起了我之前的回憶。

「去……哪裡……？」我問得有點心虛，因為我搞不清楚，晴天是否和以前一樣，又總是把女生，找去他的房間。

「我現在在『音樂牆』，妳知道在哪裡嗎？」

「嗯，我等等到。」

掛掉電話之後，我很確定，晴天現在是處於「筱雨男朋友」的立場為出發點，想要找女友的好朋友聊聊她的事情。

這樣一來也好，我本來就好奇他們兩人之間，現在反而可以直接從晴天口中得知，也是不錯的選擇。

我稍微畫了點妝之後，搭著公車來到了南區的「音樂牆」。一推開門，店內的音樂就大得我有點不太適應。

我左顧右盼了一陣子，看到了坐在吧檯邊的晴天向我揮著手。

「謝謝妳過來，我真的需要找人聊一下，否則的話，我不知道該怎麼解決我的問題……」晴天說。

「沒事。」我看見晴天手上握著一杯啤酒，我則點了一杯果汁坐了下來。

「怎麼了嗎？你和筱雨不是好好的？」我問。

「沒有不好，只不過我實在太不了解她了，她為什麼可以同時做那麼多事情？」晴天喝了一口啤酒。

「嗯？可以說得詳細一點嗎？否則，我也很難回答。」我藉機想要多了解晴天和筱雨相處的經過。

接著，晴天就把筱雨加入了他們樂團，然後和她之間相處的情況，一五一十地說給我聽。

在聆聽的同時，我也終於了解到，晴天個人的問題，不是花心，而是怕寂寞。在這個沒有表演的星期二夜晚，原本約好要在這裡出現的筱雨，臨時打電話告訴晴天她不能來了，只因為，學校現代舞社團的比賽，有一人臨時受傷，需要筱雨頂替。可以找到筱雨代替比賽的話，我想，這一天晚上應該又是她們學校的天下了。但是也因此，萬能的筱雨，無法分身陪伴怕寂寞的晴天。

「所以之前，你叫很多女生到你家，只是因為你寂寞，而不是因為喜歡或是愛上對方囉？」我話中所謂的「很多女生」包括了我自己。

我認為，如果要我從此把晴天當作是一般朋友對待的話，這件事情我是一定要問清楚！

「……沒錯，我對她們非常抱歉，包括Claire、包括妳……但是我抵擋不了我的寂寞和不安全感，但我知道我傷害了妳們……我很難過……」晴天邊說邊低下了頭。

「……別這樣，過去，就算了。」看著晴天的樣子，我實在很不忍心讓他因為這樣的事情，繼續責怪自己。

然而我不能確定的是，筱雨對他的懲罰，是否已經開始。因為從今天的始末看起來，似乎這是她刻意要讓晴天落單，不但要考驗他的不安，還有可能想要利用這份不安，達成甩掉他的目的。

「所以你和筱雨之間的關係，不像之前那樣，而是你真的愛上了筱雨？」我問得很謹慎。

「對，我喜歡筱雨。她是第一個讓我懂得愛上別人是什麼感覺的女孩，我不希望因為自己的不安全感而傷了她……」從晴天口中聽到這樣的話，對我來說無疑是很難受的。

雖然我和筱雨一樣留著長髮、一樣在高中時期加入了「英語話劇社」、一起組成了「壞氣候俱樂部」，但是我一直都知道，我比不上筱雨，應該說，絕大多數的女生都比不上她，只要是她想要的人事物，幾乎沒有得不到的。

話雖如此，當我聽到我還存有依戀的男人開口說，他喜歡她的時候，我的心裡，還是會出現那麼一些撕裂傷。

「筱雨的確很好，你不用擔心，她不會傷害你的。」我說，有點昧著良心地說。

從「太陽樂團」的鍵盤手受傷那件事情聽起來，我就不免懷疑起筱雨的心地，是否真的如她表面上看起來那般美麗。

又或者是，為了達成目標，就像從以前到現在，為了贏得榮耀，她就是可以想盡辦法完成。

然而這一次，究竟筱雨是為了她想要的，還是為了別的？我真的很納悶，也只能很鄉愿地告訴晴天，不會的，我的好朋友筱雨，不會傷害你的。

「唷，芸芸也來了呀？」在我到達了「音樂牆」大約一個小時之後，筱雨忽然出現了。

這讓我非常尷尬，雖然說，我曾經告訴過筱雨，我已經對晴天沒有感覺了，但是心虛如我，還是很想立刻逃離現場。

「筱雨，妳不是說妳不來了嗎？」晴天問。

「我不來？那你就打電話找芸芸來了？」筱雨的這句話問得很有意思，我知道這不是針對我，而是針對晴天的不安。

「筱雨，不是那樣的……晴天只是想和我聊聊妳……」但我卻越來越尷尬。

「想要聊我的事情，直接找我就好了呀！你不會又故態復萌了吧？」

筱雨在我的面前詢問晴天這樣的事情，我是覺得對他來說有點不堪，因為我明明知道晴天找我的用意，不是要填補寂寞，而是想要多了解一點筱雨。

「妳說什麼呀？如果妳肯多和我說些妳的事情，我也不用找芸芸來呀！」晴天的這番話，雖然是解釋給筱雨聽，但我總覺得，我的立場越來越不堪、越來越難受。

「如果今天芸芸沒有接電話？你會找誰來？Monica？Claire？還是Jessica？要我把所有英文字母講一遍嗎？」筱雨咄咄逼人，我開始覺得，她真的是刻意想要教訓晴天、想要替我出氣。

「如果我有雷公的電話，我會找他！我不一定得找女人！但……我就是沒有……這樣妳懂嗎？我只是不夠懂妳……」晴天慣性地丟下了兩張鈔票，便往門外走去。

我看著筱雨，她似乎並沒有追上去的打算，只是面無表情地看著我。

「筱雨，妳怎麼不跟上去？晴天他生氣了啦……」我說。

「芸芸，妳想跟上去嗎？還是說，妳希望我跟上去嗎？」筱雨似笑非笑的表情，讓我越來越看不清楚這個人稱天才的女生，腦子裡到底在想什麼。

那天晚上之後我發現，不是只有晴天和筱雨之間有了縫隙，我和我的這個最好的朋友之間，更有著一道逐步擴大的裂縫……

第二十三話
下一種氣象

那天晚上之後，我並不知道筱雨和晴天之間的感情怎麼樣了。只不過，在一個月後的某個下雨天，我們又聚會了。

我到的時候，筱雨一個人在家，很顯然，晴天和雷公都不在。

「筱雨，妳又在做菜呀？」我一路從客廳找到了廚房，總算看到了筱雨的身影。

「對呀，如果說這些料理可以讓晴天感到溫暖，要我每天都做我也願意。」筱雨說這些話的時候，是一邊切著豆干一邊說的，我從她的眼神裡，看到了充滿對晴天的愛意。

我鬆了一口氣。

看見了筱雨對晴天的用心，我發現，對於我喜歡的晴天來說是好事。而我寧願事情是往這方向發展，而不是像上一次在夜店裡，筱雨每句話都帶刺，每個行為都想激怒晴天那般的無理。

畢竟，這才是我的好朋友，筱雨。而如果我最好的朋友和我喜歡的男生可以得到幸福的話，我又何嘗不會高興呢？

想到這裡，我的眼眶不禁紅了起來，以為正忙著做菜沒有注意到我的筱雨，眼睛卻尖得跟什麼似的，立刻察覺了我的情緒，遞了衛生紙過來。

「怎麼啦？」筱雨貼心地問。

「沒事！看到妳很幸福，我感到很開心。」我說。

這時候筱雨的眼中閃過了一種我從沒發覺過的眼光，只不過，一閃即逝，我也不懂那代表了什麼。

「都會幸福的。妳和雷公，我們每個人，都會幸福的。」

「嗯嗯，沒錯！筱雨，妳來教我這些菜怎麼做好了，我也想要學學！」我刻意轉移話題。

「好呀！」

那一天傍晚，雷公和晴天像是說好了一樣，兩個人都晚了大約一個半小時左右才姍姍來遲。我想，男生可能就是這樣，不希望參與前置作業，只希望一走進門，就可以馬上開動吧！

那天的餐桌上，「雨過天晴俱樂部」的每個人都很開心。我認為，我也很開心，雖然不是我得到了最終希望的幸福，但是我知道，我已經逐漸可以釋懷。

或許真的，筱雨配上晴天，才是最美的組合。

大四下學期的時間特別短，我想是因為大家都忙著要準備就業吧！我在學校裡也只遇到了晴天一、兩次，每一次都是遠遠看到他，揮了揮手，就各自往各自的方向前進。偶爾，在禮拜二的夜晚，或是當筱雨依舊有她的規畫、有她的嗜好要追尋，當下落單的晴天才會打個電話給我，詢問一下我和筱雨近期內的互動，僅止於朋友和朋友之間的聊天。

當然在這段時間內，我們四個人也不太聚會了，就我從晴天的話裡推測，他應該和筱雨越來越順利，之前的縫隙差不多也已經彌補起來了才是。

很快地，到了畢業典禮的這天。

我並沒有和大家一樣，乖乖排著隊，在禮堂裡聽著校長或是學生代表的致詞。我寧願再把校園裡，對我而言值得回憶的地方走一次，我認為，那會對我更有意義。

於是我拿著相機來到了圖書館，這個和學弟妹一起奮戰的戰場。

我來到了文學院教室，這個我總是趕著要上課的地方。

禮堂我就不進去了，雖然我知道，那裡也有著我第一次看到晴天表演的歷史畫面存在。不過因為校方正在舉辦畢業典禮，走進去拍的話，就太沒感覺了。

最後，我走到了草圃，這個我最喜歡的小角落，可以等待著雲層降落、等待著雨水的醞釀。更重要的是，我在這裡第一次見到了晴天，看到了他的眼淚。

有時候我會想，如果我是筱雨的話，我會怎麼樣對待晴天呢？

倚在矮牆上看著天邊的我不禁這麼想著。人和人之間的相遇是如此地奇妙。曾經，我以為我可以全心全意對待的人，如今，卻成為了我最好的朋友的男朋友！也許，以後的關係還會更加進化，然而如果說，我也有筱雨的聰明、也懂得她追求異性的方法，我是否也能夠平撫晴天的不安呢？

「咳、咳。」忽然，我的背後傳出了熟悉的聲音。不用回頭，也能知道來自於哪個男人。

「沒去參加畢業典禮？」我問，頭也沒回地。

「那種儀式對我們搖滾人不適用。」男人的聲音逐漸接近了我。

「是嗎？我以為你們有表演呢！」我說。

「校方有邀請我們，但是被我拒絕了。」這時候晴天已經走到了我身邊，和我一樣倚著矮牆，看著相同的遠方。

「你還真酷呢！」

「沒辦法，我不想把畢業這一天，搞得像是什麼慶典。我認為，這是值得沉澱的日子，我寧願在這邊看看雲。」

晴天把眼睛瞇了起來，像是在享受著遠方吹來的風，只不過，他話裡提到了「雲」這個字，這讓我的心頭，不自主地揪了一下。

「想起來，第一次遇到妳也是在這裡呢！」晴天笑著說。

「嗯。」

「妳躲在柱子背後偷聽了我和 Claire 的對話。」

「不是偷聽，只是路過，這地方我從大一開始就常來了。」

「我也是從大一開始就來了，怎麼一直到大三才遇見妳，想必妳在撒謊。」晴天竟然這樣說。

「我都是在雲層很低、快要下雨之前才來的，你呢？」我問。

「我都是在下完雨之後，太陽露出來的時候。」晴天說完之後，我們兩個轉頭看了彼此一眼，笑了。

「很高興認識妳們，包括雷公。我原本以為，我的大學生活，大概就只有太陽那幾個男人可以認識而已，沒想到……」晴天說到最後遲疑了。

「沒想到你還交了個女朋友，是嗎？」

「嗯。」

「人生真的就像是天氣一樣，忽晴忽陰，捉摸不定。畢了業之後，又會是怎麼樣的新氣象，沒有人說得準。」

「愛情，也是如此呢……」晴天主動提到了愛情這件事情，我不太願意搭腔。

「對了，筱雨有和妳提到畢業之後的規畫嗎？我每次和她聊到這件事情的時候，她總是迴避我的問題……」晴天見我沒有答覆他關於愛情的話題，話鋒一轉，立刻跳到了筱雨身上。

畢竟，晴天最終關心的，還是筱雨的事情。

「畢業之後嗎？以筱雨的能力，她想做什麼都不是問題吧！我還以為你們一起討論過未來，你應該要比我更清楚她的事情才是……」

「我真的沒有那麼了解她，就連我曾經在她家裡看到的一張照片，一個理著平頭的國中男生的照片，她說他是哥哥，但我總覺得不是……」

晴天提起的這件事情，我也曾經問過筱雨，我認為，那是筱雨的初戀，那是筱雨第一次對感情的啟蒙。

「她也是這樣跟我說。但我也覺得，那個男生應該和她的感情有關……」我說。不過可能是我誤以為晴天是什麼話都可以說的對象，我一轉頭，才發現這個話題對於身為筱雨男友的他來說，不太能夠平靜地討論。

「別說這個了，那畢業之後呢？你有什麼規畫？」我試圖轉移話題，在草圃這個宜人的環境裡、在今天這個值得紀念的日子裡，是不應該講太多沉重的話才是。

「我還是繼續玩音樂吧！等待機會，進入唱片公司。」晴天說的就像是筱雨說的話一樣，在我耳裡聽起來，都像是已經發生了的事實一樣，那麼的真實。

「……真好……」我的話還沒說完，晴天立刻又接下去說。

「然後只要有機會，我就會把筱雨娶回家！」晴天的話，如此堅定，聽得我的嘴巴幾乎都合不攏了。我沒想過，認真的晴天對於感情，竟然會是如此堅持以及果斷。

「一定的，一定會有那一天的！到了那天，我會當筱雨的伴娘，你們兩個，一定是最登對的新人！」我壓抑著眼角的淚水，壓抑著胸口的苦悶，用自以為自然的表情，給了晴天一個微笑。

這一天，太陽很大、很近，近得像是伸手就可以摘下的大橘子一樣。我和晴天在草圃，度過了大學裡最後一天……

第二十四話 人間蒸發

畢業之後又進入了夏天，已經無所謂暑假不暑假了，只不過島國上的經濟狀況不見好轉，對於畢業生來說，就業的成功率又變得更低了。

大學時期所學到的日文，其程度只能拿來介紹簡單的文宣以及外國歌手的名字。雖然我已經很慶幸，一畢業就可以回到去年暑假打工的音樂工作室，只不過，微薄的薪水、看不見的未來，讓我的內心對上班產生了一種莫名的壓力。

每個月只能休息個幾天，每天的工作時數也超過法定的八小時，我自認不是嬌滴滴的女生，但是再怎麼說，我好歹也算是有氣質的文學路線，老是做一些打雜粗活，一度讓我想放棄。

日復一日地面對客人、整理倉庫的庫存、盤點，只不過上了一個月左右的班，我就覺得生命，是種漫無目地的揮霍。

這裡每週可以排休一天，但不知怎麼搞的，我總是習慣把這一天留給禮拜二，或許是我內心深處依舊有著什麼期盼，又或者我對晴天太好，任何一件事情總是會先想到他。

只不過，在我開始上班後的這幾個禮拜二，我都是在家裡度過，如同宅女一樣，上上網、看看書，在正常的就寢時間進入夢鄉，以迎接隔天的上班日。

時間就這麼過了一個半月，我依舊在禮拜二的這天排休，吃完飯正躺在床上聽著T&D出道十周年的紀念專輯時，手機響起，我瞄了一下螢幕，並不是我期待的人打來。

「喂，雷公呀，找我什麼事呀？」我發現，我一接到雷公的電話就不太耐煩，或許是因為每一次他找我，總是和他的感情事件有關吧……

「芸，你知道筱雨在哪裡嗎？」雷公那邊的環境很吵，我一度聽不清楚他的聲音，於是他又重複了一次。

「我不知道耶，怎麼了嗎？」我說。

「晴天喝醉了啦！他在夜店喝醉了……」雷公幾乎是用吼的。

「怎麼會這樣？哪一間？」

「音樂牆。」雷公說。

「等我，我現在過去。」掛上手機之後，我立刻穿上了長褲出門。我所擔心的事，果然就這樣悄悄發生，我心中不停地問著。

「筱雨，妳在哪裡？」

計程車上，我不停撥打筱雨的手機，只不過，手機就是不通。這情形不免讓我擔心起筱雨，因為認識她這麼久，從來沒有打她手機找不到人過，究竟這兩個人之間發生了什麼？

一走進「音樂牆」，我就看到了雷公，以及躺在沙發上的晴天，晴天看起來已經醉到失去了意識。

「他現在怎麼樣了？」我著急地問著。

「剛才吐了很多……一直說要找筱雨，但筱雨的手機，就是都打不通。」其實雷公說的我也知道。

「這樣不行，把晴天扛回去吧！你有辦法嗎？」我說。

雷公苦笑。

費了九牛二虎之力，靠著雷公再加上酒保，總算把一百八十公分的晴天扛上了計程車，接著我們還要把他拖回他家，這真的不是件容易的事情。還好雷公算是魁武，折騰了大約半小時之後，從晴天的背包中找到了鑰匙，順利地將他送回家。

「呼、呼……現在怎辦？」雷公氣喘吁吁地問著我。

「能怎麼辦，等一下吧，看他這樣，不知道等等會不會還想要吐呀……」我趕緊進了浴室，拿出毛巾，浸泡了熱水，輕輕地放在晴天的額頭上。

晴天在呻吟了幾聲之後，看起來，總算是比較平靜了。

「你怎麼會跑去那裡？」我問雷公。

「我剛才不是一個人去的啦，是我朋友說想要去聽『太陽樂團』的表演，我才會帶他們過去。沒想到今天『太陽樂團』休息，更沒想到會在那邊碰到晴天！」雷公娓娓描述著。

「你碰到他的時候，就已經醉了？」我問。

「我看到他的時候，是已經喝得差不多了。只不過，他還可以說話，他一直抓著我問『筱雨呢？筱雨怎麼不見了？已經一個多月了，她又在試探我了嗎？』就這樣一直重複這幾句話。」雷公可能搞不清楚這一切代表什麼意義，但我知道，筱雨又在折磨晴天了。

「你最近也沒有和筱雨聯絡嗎？」我問。

「沒有，最近都在找工作……」雷公說的也是。「他們兩個……沒事吧？」

「我不知道。筱雨……好像真的在為了我報復他……」我說。

「可是妳還喜歡他嗎？你們那一段，時間不是很短嗎？」

「我這邊已經沒事了呀！我現在就搞不懂筱雨她到底在想什麼……」

我說得心虛，因為我知道，我還在意著晴天，否則不會把每個禮拜二都空下來。

「筱雨……在考驗我……你們不要誤會她……」忽然，我們以為已經沉睡的晴天開口說了話。

「你不要嚇人啦！現在有好一點嗎？」我走到了床邊，晴天想要自己起身。

「我沒事了……沒事，雷公，謝謝你……」聽起來，晴天雖然吐得不成人形，但是剛才發生的事情，他都還是有意識的。

「別客氣啦！」雷公扭捏了起來。

「晴天，你說筱雨失去聯絡了是嗎？」我想要從晴天這邊得到比較詳細的資訊，難保筱雨不是發生什麼意外。

「畢業典禮之後，我們見了一次面，後來她就消失了。我去了她學校，去了她家，雖然試圖想要問她爸媽，可是因為沒見過他們，我就打消了念頭。我在她家外面站了好幾天，就是沒有看到她的人影……」晴天的表情，帶著懊惱。

「人間蒸發？」雷公叫。

「真的有這種感覺，我這一個多月來，忽然覺得筱雨根本不是這世界上的人，她忽然出現、忽然消失，完全沒有跡象……」晴天說。

「別亂想了，筱雨是我的好朋友，我知道她做任何事情，都有她的道理在，我相信，她一定是在追求屬於她的事情。」我說。

「妳和筱雨說的話好像……」晴天像是想起了什麼。

「她說了什麼？她和你最後一次見面的時候，有說什麼嗎？」我追問著晴天。

「她說『如果我為了我想追求的事情，必須離開你很久很久，你會保證自己，不會再次被寂寞淹沒嗎？』」晴天抱著頭，樣子看上去不是太舒服。

「她要追求的事情？」我重複著晴天的話。

「對，當初她是這樣說的。我以為，她只是想要再一次考驗我，因此我一點也不猶豫的說，我可以保證自己不會再度被寂寞淹沒。可是，後來才發現，沒有筱雨在身邊的日子，有多麼難熬……」

晴天低著頭，我沒有看過他出現這樣的神情，我打從心底羨慕著筱雨，又打從心底氣著筱雨。如果妳可以擁有晴天，麻煩妳，好好對待他好嗎？一個人不能夠如此貪心又任意妄為，想要追求什麼就追求。筱雨，妳不能夠什麼都想要呀！

看著晴天，我在心中如此吶喊著，只不過，我只能選擇沉默，只因為，筱雨是我這輩子最好的朋友……

那一天晚上，晴天在我和雷公兩個人都還在他家的情況下，迷糊地進入了睡夢中。而我和雷公，悄悄地走出了他家，輕輕地，關上了那道曾經令我傷過心的鐵門……

第二十五話 似曾相識的感覺

認識筱雨這麼多年來，今天我算是第一次踏進了她家的大門，也就是從前門進來的那棟建築物主體，富麗堂皇的裝飾讓我大開眼界，家裡的寬敞，大概比我想像中還要大上好幾倍。

「芸芸小姐，不好意思，先生和太太馬上就出來了。」佣人李媽是看著我和筱雨長大的，也是透過她，我才敢開口要求和筱雨的爸媽見面。

「芸芸，妳來了呀！」先開口的人是全身貴氣的筱雨媽，我一直認為她和筱雨的感情很好，因此連帶我也會把對母親的態度，投射到她身上。

「伯父伯母好，不好意思，這麼冒昧來打擾……」我很客氣地鞠了個躬。

「別這麼說，從高中時代妳就和筱雨最好，我想，也應該是由妳來告訴我們才是……」筱雨媽說的話，讓我有點摸不著頭緒。

「告訴妳們？告訴你們什麼？」我張大了眼睛問。

「芸芸，妳別再裝了，麻煩妳跟筱雨說我不可能接受她的想法，叫她趕快回來，否則的話，以後也不要再想回來了！」一旁的筱雨爸一直悶不吭聲，一開口就是破口大罵，不過從他的話裡，我大概猜到了一點。

「伯母……你們……也不知道筱雨去了哪裡？」我問。

「欸？芸芸呀，妳不是要來告訴我們的嗎？我們沒有筱雨的消息已經一、兩個月了，這孩子拿了護照和一些存款之後，人就不見了……」筱雨媽說得很是著急，不過看起來，還是一個從容的貴婦。

「我也不知道她去哪裡了，我來就是想要問兩位，她去了哪裡……」

「唉……原來妳也不知道呀……雖然我是不擔心，這孩子一向獨立，自己可以照顧好自己，但是我真的不知道她腦子在想什麼？」筱雨媽略帶哀傷。

忽然，我的腦子裡有了一些假設。

「請問……筱雨離開前，有提到什麼男女朋友的事情嗎？」我懷疑，筱雨離開的這事和晴天有關。

「唉……我們不想說這些，總之我們只希望她趕緊回來。芸芸，如果妳有機會連絡到她的話，麻煩妳幫伯母轉達，好嗎？」這時候，我總算從筱雨媽身上看到了一些母親該有的一貫態度。

「我會的。」

向兩位長輩點了個頭以後，我就離開了筱雨家。不知怎麼形容我的感受，我就是直覺認為筱雨離開家裡的這件事情，和感情有關。而且，很像是她想要爭取和晴天在一起，但是伯父伯母卻不想答應的樣子。雖然聽起來有點像是瓊瑤小說筆下的老掉牙劇情，但是看了她家的豪華氣派之後，我真的認為，伯父伯母的確會有很深的門第觀念。

離開了筱雨家之後，我的腳步不知怎麼很自然地就往「音樂牆」走去，或許我知道，今天晴天會在現場表演，或許我關心，昨天喝得爛醉的晴天，今天不知道心情或是身體上有沒有好一點。

只不過當我一走到門口，就已經看到好幾個不開心的年輕人從店內走出來。

「倒楣，剛好遇到『太陽樂團』休息……」

「聽說是那個吉他手生病在家，才臨時取消了今天的演出……」男男女女討論著。我聽到這樣的消息後，立刻衝進了店內，正巧碰到了在一旁射飛鏢的太陽。

「太陽，你還認得我嗎？」我說。

「啊！妳是那個凱蘿的學姐，對吧？」太陽還記得我。

「請問今天你們沒有表演嗎？」

「對啊，聽說昨天晚上晴天在這邊喝醉了，打電話給他也沒接，看起來今天是宿醉了吧！」太陽邊說一邊射出了手上的鏢。

「謝了。」我一溜煙跑出了「音樂牆」，拿起手機就往晴天的號碼撥去。

「您所撥的號碼沒有回應。」只不過，撥了幾次之後，都是這樣的回應。

原本打算坐公車的我，在公車站就招了計程車往晴天家飛奔。我很快速地到達了他家門口，急迫地不停按著電鈴，說真的，我很怕他出了什麼事情。

按了好幾次之後，門自動開了。

這情景，有一種似曾相識的感覺，很像是我第一次來他家，他因為寂寞而擁抱我的那晚。

不過這時候的我，顧不得這麼多了，我進了他家，衝進他房間，看見了他躺在床上，也就是昨天半夜我和雷公幫他安置好的地方，看起來，他完全沒有移動過。

我伸手摸晴天的額頭，溫度高得嚇人，但現在這個時間，診所也都已經關門了，我一時著急了起來，深怕晴天在我手裡就這樣病了，或是身體壞了，在我心中，他可是比任何事情都來得重要。

我看見了昨天半夜雷公從他背包裡拿出的鑰匙，心中下了個決定。於是我拿了鑰匙，拎著錢包，就往外跑。

深夜裡還好很多家店都還是營業的，我買了退燒藥，順便到還在營業的超市買了些東西，我想，晴天應該是一整天都沒吃東西了。

回到晴天家之後，他依舊是一手摀著額頭，雙眼緊閉著，我倒了杯溫開水，讓他先將退燒藥吞下去之後，再度讓他平躺著。

接著我進了廚房，開始準備料理。

大約過了一個小時後，我將所有的菜都準備好了，只不過晴天依舊沉睡中，不想叫醒他的我，將每一道菜都蓋上了碗盤，希望不要讓溫度太快流失，接著我就離開了他的房間。

晴天大約在我離開後的十分鐘左右徐徐醒來。據他後來和我描述的情況是，他在夢裡忽然聞到了一種香味，一種很熟悉的香味，於是他睜開了眼睛，像獵狗一樣聞香走去，終於在廚房裡看到了一整桌的菜，以及一鍋白飯。

當他把一道道菜餚上的碗盤拿開時，看見了他最愛的清蒸鱈魚、豆乾肉絲、香菇蒸蛋、培根高麗菜，還有醬爆肉絲時，他一度以為，是筱雨回來了。他顧不得自己頭上的暈眩，在家中的客廳、廁所，甚至房間裡，找尋著她的身影，只不過，四處都是空的。

他看著菜餚冒出的熱氣，估計筱雨還沒走遠，也不管自己虛弱的身體，手上抓著鑰匙便往外衝，希望可以看到幫他做好料理的筱雨。

晴天跑得很急，當他一衝出家門，就看到了正站在公車站牌等車的那個女生，長髮飄逸的她，不是他夢寐以求的筱雨還會是誰？

於是他狂奔過去，往那女生接近。只不過，當我意識到後面有人而回頭的時候，我看見了晴天，晴天也看見了我……

「呼……呼……呼……芸芸，是妳？」晴天的表情不能說是失望，但是帶了點無奈。

我也不希望讓他失望，如果他要的是筱雨、如果我變得出筱雨的話，我不會不給他的……

「你沒事吧？發燒了還跑這麼快……」晴天這時候看起來站都站不穩，可能加上了我不是筱雨，讓他支撐整個人的力氣瞬間都消失了吧。

「我扶你回去吧！」晴天的情況已經不太能走路了，我只好在這個大半夜裡，再把他攙扶回家。

回到他家，喝了水之後的晴天狀況好多了。我添了一碗白飯和放一雙筷子在了晴天面前。

「吃吧，你就是沒吃東西才會沒有力氣。」我笑著說。

「嗯。」晴天用著有點發抖的手，拿起了筷子，夾起了一小口清蒸鱈魚正要放進口中的時候，我心跳得超快。我有一種感覺，那就是這輩子從來沒有和筱雨較量過的我，這時候似乎正透過這幾道菜，在進行某一種比賽。

「嗯！好吃、真的好好吃！」晴天的臉露出了滿足的笑容，雖然我不知道他是安慰我，還是真的覺得好吃，但是只要看到他的笑容，我就滿足了。

什麼都……滿足了……

第二十六話
好姐妹

「什麼？妳要辭職？」當店長如雷的吼聲咆哮而至時，我心裡雖然已經做好準備，還是免不了嚇了一跳。

「……是的……」我怯生生地說。

「是什麼原因？妳要知道現在出去找工作可沒有那麼容易，很多畢業生到現在都還是在當『啃老族』，妳不會也是要回家去『啃老』吧？」店長的嘴巴，通常說不出什麼好話。

「不是，我自己有點積蓄……」我說。其實那就是去年夏天存下來的。

「啃自己？」

「對……啃自己……」我很希望這沒營養的對話趕緊結束。

「哼！好吧，不管是為了什麼，我相信妳以後一定會後悔的……」店長說完之後，怒氣沖沖地回到自己的休息室。

我相信他說的話，我一定會後悔，不過後悔的不是沒有在這邊上班，而是我辭職的原因。

自從那天晚上看著晴天吃了一大半我親手做的料理之後，忽然有了一個念頭，那就是筱雨不在的這段時間內，我應該要代替好姐妹，好好照顧她的男朋友，畢竟，這樣才能顯現出我和筱雨的友誼。

「放屁！妳根本是為了讓自己可以和晴天相處吧？」

「不是的，我是為了我的好姐妹，如果哪一天筱雨回來了，看見晴天過得很糟糕，這樣做為朋友的我們，不就很失責嗎？」

腦海中，正邪雙方正在不停交戰當中。

不過不管怎麼樣，我都已經正式提出辭呈，也就是說明天開始，我就不用去上班，就可以多一點時間去照顧現在落單的晴天。

禮拜五的晚上，「太陽樂團」在「音樂牆」有表演。原本應該要在公司值班的我，現在則是無事一身輕，因此我找了雷公一起來到「音樂牆」。

「晴天，加油！」雷公喝采的方式很老套，在夜店裡，應該不需要說什麼加油不加油的話吧？

晴天看到了我和雷公的出現，看起來對他的心情的確有幫助。他抬了頭，對我們的方向微笑了一下。

「晴天在看著我笑耶！」沒想到我前面的年輕學生開心地叫著，我和雷公對視了一眼，笑得無言以對。

「歡迎各位光臨『音樂牆』，今天晚上的表演，由『太陽樂團』替我們帶來的一連串 High 歌，準備好你們的掌聲和尖叫聲，肯定會讓你們 High 翻天！」隨著太陽的開場，全場的人聲鼎沸，氣氛非常熱鬧。

「哇！『太陽樂團』真的這麼受歡迎，人爆多的！」雷公在我耳邊輕聲地說著，我這才意識到，這是雷公第一次聽到「太陽樂團」的現場演出，但是今天有沒有機會聽到晴天唱歌，就要看雷公的造化了。

「one、two、three、four……」按照慣例，在鼓手阿亮倒數之後，樂器的音量全開，畢了業後我也是第一次聽到他們的演出，感覺起來比當初在校內更加的激情、更加的吸引人了。

「太陽樂團」沒有讓全場的人失望，這個夜晚，依舊是熱力十足。只不過，似乎沒有什麼動力讓晴天唱歌，有些內行的觀眾也在一邊竊竊私語。

「晴天今天不唱了啦……」

「好可惜喔……」

「對呀，以前那個代班的女Keyboard手在的時候，晴天唱歌的欲望好像比較大……」好死不死，就是讓我聽到了這麼一句話。

不過這也沒什麼，我不需要不停拿自己和筱雨做比較，畢竟晴天喜歡的人是筱雨。

表演結束後，我、雷公和晴天坐在了店內的沙發上，晴天喝著啤酒，雷公則是叫了一杯調酒，我還是很保守地，只點了一杯果汁。

「還是沒有筱雨的消息嗎？」晴天一開口問的就是筱雨。

「那天晚上忘了告訴你，我去過她家了……」

「是嗎？她爸媽怎麼說？」

「他們也不知道發生什麼事、也不知道筱雨去了哪裡……只不過……」

「什麼？」晴天有點急。

「從他們說話的口氣聽起來，感覺像是筱雨和他們在感情上，因為沒有共識而有所爭議的樣子。」我說。

「什麼意思？」

「我覺得……有點像是筱雨想要爭取交男朋友的權利，但家裡不准。又或者是筱雨想要介紹你給他們認識，但不受到肯定。於是她就離家出走，以表示抗議。」

我把自己的推測，一五一十告訴晴天。

在晴天面前，通常任何事情我都不太有所保留，除了自己對他的那份心。

「嗯……不管是哪一種，我都有點不想管了……」晴天大口喝了一口啤酒，這句話讓我和雷公有點驚訝。

「不會吧，你想要放棄筱雨了？」雷公搶在我前面問了一句。

「不是我想要放棄，是她想要放棄……」晴天沒好氣的。

「不管是要面對什麼樣的問題，都應該溝通之後一起面對。像她現在這樣躲起來，算什麼？是要我要等她等到什麼時候？」

「晴天，別這樣說啦，筱雨對你來說不是最重要的人嗎？」我問。

「有時候我在想，如果最重要的人卻也傷害你最多的話，我可否自動將她的地位往下拉，我可以找一個不會傷害我的人，放在第一位，不是嗎？」

「可是筱雨讓你學會了面對自己，你可千萬不要又回到以前的樣子……」我很怕，從前的晴天，又開始傷害自己也傷害別人。

「放心好了，筱雨除了教會我了解自己之外，我也已經知道該怎麼和寂寞相處了，我現在可以來這裡喝喝酒、找太陽他們抬槓、在家裡聽聽音樂，而且還有你們可以一起殺時間呀！」晴天應該是酒喝得比較多了點，講起話來口氣豪邁了不少。

「對啦，無聊的時候可以找我們是沒錯，反正我們現在很閒。芸芸的工作也……」雷公說到一半，被我機警的打斷。

「我的工作也是有一搭沒一搭，反正以後時間多的是，你就把我和雷公，當做筱雨的替代品吧！」我試圖用很客觀的心態，說出朋友該說的話，只不過，當講到自己可以成為替代品的時候，心頭還是有那麼一陣酸味湧上來。

「好呀！那來玩飛鏢吧！我老是被筱雨修理得苦不堪言，你們兩個人應該沒有她那麼厲害吧！」晴天笑著說。

「當然沒有！她是校隊呀！你真的挑戰錯人了，哈哈！」雷公說。

那一天晚上，我第一次接觸到「飛鏢」這種東西，和他們兩人玩到了半夜快要三點，才意猶未盡地走出了「音樂牆」。

當我走出夜店門口的時候，習慣性地拿出手機看了一下，畢竟「音樂牆」的音樂過於強烈，就算有電話打來，我也聽不見。

螢幕上顯示著：三通未接來電。

點進去確認之後，看清楚了這三通是來自同一個號碼。

筱雨。

筱雨出現了！或是應該說筱雨回來了！我趕緊再度打了電話過去，只不過，也可能是太晚了，手機是關機的狀態。

筱雨出現了的這件事情，忽然在我心中產生了很大的壓力，我明明希望她和晴天可以好好走上紅毯彼端，卻沒想到現在一看到她的電話號碼，心裡就出現了一種很排斥的心態，很希望，這通電話沒響過……

但是這是絕對不可能的事情，除非……筱雨……不再存在這個世界上……一個不小心，手機掉在了地上，我被自己突如其來湧出的念頭，嚇到……

等到我將地上的手機撿起來的時候，我發現手機竟然摔裂了，無法開機，雖然沒手機暫時會很不方便，但是另外一種念頭，又出沒在心頭……

可以不要看到，或是接到筱雨的電話，會讓我的生活更加輕鬆。我開始，憎惡起擁有這種念頭的自己……

……不是好姐妹嗎……？

第二十七話

不只是寂寞

「沈小姐，您的手機已經修好了，麻煩您再過來拿喔！」從家裡的室內電話那端傳來了客服人員的聲音。然而事實上，這樣的電話在這個月內我已經接了三次左右，也就是說，我的手機其實早在三個禮拜前就已經修好了。

「好的，謝謝。」每次掛上電話的同時，我的心裡就得要再天人交戰一番。其實如果筱雨真的回來的話，她可以打給雷公或打給晴天，根本不需要只打給我。因此有時候我想想，這樣一味逃避的意義在哪裡，我也不知道，那感覺很像是只要我的手機一到手，筱雨的電話就會殺至，然後我和晴天的現況就會被打破。

對，我和晴天的現況……

辭去了工作的這一個月以來，雖然手機送修，但我每天都到「音樂牆」和晴天為伍。以朋友的身分來往時，不用那麼揪心費神，我扮演著以前筱雨的角色，禮拜二、四晴天沒表演的時候，就到「音樂牆」和他一起聊天打屁，有時候射射飛鏢、有時候玩玩撲克牌；禮拜六晴天沒有練團的時候，我會叫上樂團的人，甚至把雷公也找來，然後煮上一桌晴天愛吃的菜，在他家裡熱鬧地喝著酒；禮拜一、三、五就更不用說了，每一場他們的演出我都一定要到場，很快的，我發現自己的角色像是變成了「太陽樂團」的經理人。因為我總是會在每一次聚會的時候，利用自己看到的現狀及觀點，告訴他們哪裡可以改進。

「芸芸，想不到妳這方面這麼敏銳，如果我們真的可以出道的話，妳就當我們的經紀人算了。」太陽某一次在晴天家裡喝完酒後，扯著喉嚨說。

「我是文學少女耶，好像也不是那麼適合……」我帶點難為情的說。

「唉唷，現在找工作很難，反正妳也那麼愛聽音樂，懂的音樂又多，我覺得太陽難得講出像樣的提議，這件事情聽起來真的不錯，如果是芸芸當我們的經紀人的話，我舉雙手贊成！」鼓手阿亮也說。

「這樣壓力很大啦，成為你們的經紀人的話，我就得要想辦法幫你們認真把這事業做好才行。」我笑著說。

「那當然呀！不過妳現在已經做得很好了我覺得。」司徒也幫腔。

的確，我對音樂產業確實相當有興趣，雖然我沒有辦法像筱雨那樣加入他們的團體中，但是幫他們打點雜事和規畫表演，這應該是我還可以做到的事情。

鄭重考慮完這件事情之後，我搭著公車，來到了手機門市。

「沈小姐？妳的手機修好很久了。」門市人員交給我的時候，顯然是關機的。

「電話都沒有響過嗎？」我問。

「為了客戶權益，手機在我們店內的時候，我們一律不開機。」說得也是，我想太多了。

只希望，筱雨的電話，不要那麼快就造訪，再多給我一點和晴天相處的時間。

某個禮拜一的晚上，「音樂牆」的人不多，「太陽樂團」的表演照舊，我看著晴天的臉，因為在表演前連續射中了四鏢20分的Trible，心情相當亢奮。

「芸芸，這首歌唱給妳聽！」在「太陽樂團」的表演後，晴天第一次單獨為了我唱歌。我整個人愣在了原地，眼淚，一直含在眼眶中，刻意不讓它往下掉，然而當天晚上更令人驚喜的事情，才正要發生。

當我沉醉在晴天第一次為了我而唱歌的這件事情上面時，一個戴著黑框眼鏡的男子出現在我的身邊。

「請問，要找『太陽樂團』洽談一些商業合作，是找您嗎？」黑框眼鏡男看起來十分面熟，但是因為他頭上又戴著鴨舌帽，帽緣壓得很低，一時之間，我竟然想不起來我在哪裡見過這個人。

「是的，我算是……他們的經紀人……」我尷尬地說。

「算是？」黑框眼鏡男嘴角微微地笑了一下，我雖然認不出這個人，但我可以肯定，這個人的五官非常好看。

「上一次我同事來過，給過了名片，但是你們似乎沒什麼興趣。這一次我自己過來，希望可以和你們好好聊聊，就麻煩您安排一下了。」黑框眼鏡男遞了張名片給我，我看著上面的公司名稱以及職稱，我的手整個發抖了起來。

「星河唱片音樂總監　樹！」我唸出了對方的名字，說起來實在有點失禮，只不過我實在太震驚了，我竟然可以親眼見到被唱片圈稱為「歌神」的樹，而且本人竟然如此親切。

「噓！我要走了，再麻煩妳了。對了，妳男朋友唱得很棒！也許可以考慮去參加一下歌神大賽唷！」樹露出了一個迷人的笑容之後，便穿越過人潮，走出了「音樂牆」的大門。

我來不及解釋我和晴天之間的關係時，樹已經消失了。這時的我巴不得立刻和晴天討論這件事情。只不過我又想到，在這個地方講這事情似乎太過於招搖，還是等星期六到晴天家裡吃飯的時候，再提出來說好了。

我手中緊緊握著，樹的名片。

同一個禮拜的週六晚上，晴天家中。我按照慣例提前了一個小時左右到了他家，然後下廚煮出了他最愛吃的菜，甚至我也發展出不同的菜色，發現晴天和其它團員也都很喜歡，也增添了我對下廚的興趣。

「啥？不過來了？喔……阿亮也不過來……」晴天切掉手機後，不悅地說著。

「芸芸煮了這麼多菜，你們竟然現在和我說不來！真是……」從晴天的反應我大概知道手機的通話內容了。

「都不來了嗎？」我說。

「嗯……都說什麼忽然有事情之類，我猜，都是去約會了吧！哼……」晴天沒好氣地說著。

「就算真的去約會也不奇怪呀，不是嗎？」我笑著。

「就妳脾氣最好，都不會生氣，這麼辛苦煮了這麼多菜耶！不管了，今天全部都我來吃吧！」晴天像個小孩子似的，作勢要將所有的菜都收納進肚裡。

「你真好笑，可惜，今天本來有個好消息要和大家說的。」我幫晴天舀著湯。

「什麼好消息？」晴天吃得很急。

「前幾天你們演唱的時候，星河唱片的人有過來，說要和你們談談。」

「是那個戴黑框眼鏡的人嗎？」

「你有看到呀？」

「我看他就很像哪個藝人呀……但想不起來……」

「他是樹，歌神，樹。」我淡淡說著，晴天扒飯的筷子忽然停了下來。

「對喔！他是『樹』！」晴天瞪大了眼睛，似乎這個時候才發現這件事情代表著多重大的意義。

「從前也有很多唱片公司的人來過，可是這一次竟然是『樹』？哈哈……哈哈……」晴天高興地把碗擱在了桌上，開心地站了起來。

「這一切，都是因為有我們經紀人當推手，不然的話，就不會有這些事情發生了！芸芸，妳真是我們的幸運女神！」晴天像個孩子一樣跑到我身邊作勢要搔我的癢，我被他攻擊得無處可逃，退到了牆壁。

「芸芸，我太高興了，我可以抱妳一下嗎？」晴天的神情看起來真的是異常開心，當然，我也很替他感到高興。

「嗯。」我點著頭，晴天張大了雙臂，將我緊緊抱在了胸懷裡面。忽然，他沒了動作，四周沒了聲音。霎時間，我感覺時間……暫停了……

我聽得到晴天的鼻息在我的耳邊，一切的感覺，就像是他第一次打電話要我來到他家的時候一樣，我知道，我抗拒不了，我的身體，像奶油一樣融化了。

晴天慢慢轉移了方向，他的嘴唇從我的頸邊一直滑到臉頰，再滑到嘴唇，我不能抵抗，只能微微張開口，迎接著他那如蛇一般的舌頭，在我的嘴裡蠕動著，我整個人的細胞，完全被他獨有的情慾細胞給吞噬著。

這時候，手機鈴聲畫破了這個結界。

來電鈴響起，一聲、兩聲、三聲……

晴天的動作像被按了暫停似的僵住，我趁這空隙，輕輕推開了他。然後，從背包裡面拿出了手機，而螢幕上面顯示的來電號碼，就是我最不想要看到的名字。筱雨。

晴天似乎也為了自己剛才失控的舉動尷尬著，動也不動地跪坐在地上，而我，則是看著手機上的號碼，任憑鈴聲一直響到了停止……

手機螢幕上的畫面，從「筱雨來電」到最後變成了「未接來電一則」。

不知道過了多久，這段時間內，我們兩個人都沒有說話。

「又是……因為寂寞……對吧……？」我說。

「不……不是那樣……」晴天遲疑著。

「你還沒和筱雨分手呢，你剛才那樣……算什麼？」我的眼眶紅了。

因為晴天把我當初那道已經縫上線的傷口，又再一次劃了開來。我匆忙收拾自己的背包，打算離開現場，我無法接受自己良心的煎熬。

在我從晴天身邊走過的同時，聽到晴天說了這麼一句……

「不，芸芸，那已經……不只是寂寞了……」

第二十八話
迴避

回到家裡的我，坐在了床上，不停地緊緊握著自己的手機。我再一次躲避了筱雨的電話，如果她知道我是因為正和晴天在接吻而不接她電話的話，我不知道她會用什麼樣的眼光看待我。

沈芸芸，妳也不過就是個搶人家男朋友的人罷了……

我看著手機，下定了決心。我應該，要和筱雨講清楚才是。感情是暫時的，朋友才是一輩子的。不管怎麼說，我都不願意失去她這個好朋友。

我撥打了筱雨的手機，我想她一定很納悶，為什麼我都不接她的電話。

這一次，手機通了。

「喂，筱雨嗎？我是芸芸。」我的呼吸不知怎麼回事，開始急促了起來。而筱雨那頭則是保持著沉默。

「筱雨，我是芸芸。妳打電話給我不是嗎？」我又問了一次，總算有了回應。

「芸芸呀，我是筱雨的媽媽啦！」我懸在半空的心，這時候瞬間放鬆了下來。

「伯母？請問您用筱雨手機打給我有什麼事嗎？」說話的同時，我整個人打從心底嘲笑自己的無能。

「沒什麼啦，就筱雨的手機沒帶走，她自己有打電話回來，在手機裡留言說她在國外，要我們不要擔心，我想說應該和妳說一下，可是沒想到上個月開始打給妳，妳手機都不通呀……」筱雨媽媽的說詞，解放了我之前這一個多月來的壓力。

原來，筱雨根本不在台灣。

「喔喔，因為我手機壞掉了，昨天才拿回來的。謝謝伯母，我知道了，我會和其他關心筱雨的朋友說的，拜拜。」很快地我掛掉了電話，先前和晴天接吻的事情、或是最近和晴天親密的行為，這些種種罪惡感的重量，瞬間減輕了不少……

只不過，現在和晴天發展到了這麼曖昧的階段，不管怎麼說，我也應該把界線分清楚，不可以再這樣繼續下去。否則，筱雨回來之前，我都不知道會和晴天之間發生什麼。

我一定要，保持界線……

很久沒下雨的島國，這幾天一直是陰陰的天氣，天空低得像是要往下倒的骨牌一般，但總差了那麼一點，就是落不下雨水來。我足足有一整個禮拜沒有走進「音樂牆」，就連晴天的來電，我也置之不理。

某個星期四下午，就像是累積了多天的情緒，老天爺一口氣爆發了出來，沒有一個時刻的天氣，能比今天更適合使用「傾盆大雨」這四個字來形容了。

這時候，我忽然很想去筱雨的房間看看，有一種，想要回到最原始的起點那般的感受。

撐起我的小碎花雨傘，開了門，走進了筱雨的房間。那時候還在興高采烈地討論著戀愛這檔事的光景，現在回想起來，我們都在不知不覺中深陷其中，天才如妳，可曾想過有一天，妳最好的姐妹，正因為和妳的男朋友太過於親近而苦惱呢？

我無意識地翻著筱雨當初為了攻陷晴天時所買來的書籍，忽然大門被打開了，我第一個直覺就是一筱雨回來了。

「筱雨？」我叫著。只不過走進來的人是兩名男子——晴天和雷公。

「咦，芸芸妳在啊？」雷公說。

「不，我正要走，不好意思……」我不想多和晴天有交集，於是拿起我的碎花小傘很快走出筱雨家門，我聽見，晴天在我身後叫著我的名字。

「芸芸，妳不用這樣！至少，樂團裡的人都在等妳安排和星河唱片的面談，妳會幫我們吧？」晴天說。

「我會的，下禮拜我會去『音樂牆』，到時候再來討論。」我頭也沒回，一直面向著門外，邊走邊說，待我走出家門後，才發現自己的臉龐已經被眼淚沾濕，但我知道自己做得對，因為這樣才是一個好姐妹該有的態度。

像是想到什麼似的，我趕緊傳了一則簡訊給雷公「我最近比較忙，不太能去夜店，麻煩你多陪陪晴天，芸芸。」

過沒多久之後，我就接到了雷公的簡訊「沒問題的，筱雨的男朋友就是自己人呀！」看到簡訊上面的字眼，更令我難過，我心想，這種義氣，在男人之間應該更強烈吧……

在後面的幾個禮拜裡，我說了謊話，因為我並沒有像先前告訴晴天那樣，回到「音樂牆」和大家討論。但是我的確打了電話給樹，並且一個人到了星河唱片想要談談合作細節。

星河唱片的大樓位在市中心，我知道這裡出過了許多有名的歌星，雖然並不包括我最愛的 T&D。但是在歌神『樹』之前的那位彗星般的歌神高伸介，則是帶給了我們在大學時期某一年非常燦爛而短暫的美好時光。

我走進星河唱片時，每一層樓都有著最經典的唱片封面，吊掛在牆壁上，因為我在音樂工作室待過一段時間，因此基本上一些著名的、不朽的巨作，我都可以一眼看得出來。

我被帶到會議室坐了幾分鐘後，樹和一名貌似助理的小姐走了進來。

「沈小姐是嗎？」

我點著頭。

「請坐。」樹很紳士的示意著。

「關於和晴天簽約的事情，我們是這樣打算的。先簽八年約，平均每一年至少兩張唱片，版稅的部分就照一般條件，我們希望他在下個月，就可以先搬到公司替他準備的宿舍，並且接受訓練三個月。三個月之後我們才能評估他適合的出片時機。」樹連珠砲地說著條件，只是，我似乎沒有搞懂歌神的意思。

「對不起，容我打個岔。請問……你剛才是說和晴天個人簽約是嗎？」

「是的。」

「我以為今天是要談整個『太陽樂團』的出道計畫？」我皺了眉，心裡認為，我不是晴天的經紀人，我是「太陽樂團」的經紀人才是。

「太陽樂團？那是誰？」樹的反應讓我心寒。

「你那天聽晴天在唱歌時，他背後的那群人就是『太陽樂團』。」我相信這時候我的聲音聽起來是激動的。

「妳是說暖場的那些人？」在這之前，我從來沒想過，認識一個人可以因為一、兩句話，就徹底改變了我對這個人的觀感。然而現在的我就是如此，我不敢相信在我面前的這個人，就是人稱「歌神」的樹。

又或者，是我真的太嫩？不懂社會的現實？

「對，就是你所謂的暖場的那些人，他們就是『太陽樂團』，在地下音樂界負有盛名，我是『太陽樂團』的經紀人，並不是晴天一個人的經紀人……」我說。

「妳難道不希望妳男友能夠單獨出道嗎？團體出道不但收入會分得比較少，走紅的機率也相對低很多唷……」我真的很不喜歡樹用這麼冷靜的態度去討論音樂這件事情。

「第一，他不是我男朋友；第二，我認為『太陽樂團』會紅。而我今天來這裡，是要幫『太陽樂團』談出道的事情，如果你沒搞懂我意思，我們也可以不用繼續再談下去。」我有點想要起身走人，但是樹似乎很習慣在談判桌上的來往。

「這些是妳自己的想法？還是妳男朋友的想法？如果今天晴天本人坐在這裡的話，妳認為他會想要自己出道？還是想要和那群三腳貓的朋友們一起出道？還有，那群人如果今天也坐在這裡的話，妳認為他們會願意犧牲掉好朋友可以出道的機會，還是要堅持一定要五個人一起呢？妳如果要回去的話，可以在路上好好思考一下我說的話。謝謝妳今天過來。」

樹很有禮貌地和我點了個頭，然後就走出了會議室。反而是我，像個初出茅廬的小孩子，被樹最後的一番話教訓得半句話都吭不出來。

我是否有私心呢？我是想讓晴天出道，還是不想？關於這樣的問題，忽然變成了一種很微妙的感受。我知道，不是每對明星情侶都可以像偷米和美紀那樣和諧，然而我，到現在都還沒確認我和晴天的關係為何，我又何苦在這邊自尋煩惱呢？

第二十九話 殘缺的聚會

去完星河唱片之後的一個禮拜，我依舊將自己關在了家裡。我並沒有去「音樂牆」，在我和晴天的關係沒有確認之前，我不希望再和他這樣曖昧糾纏下去。當然，晴天打過來的電話，我仍舊沒接。倒是雷公使用了蘋果牌的手機之後，我常常看到他上傳了和晴天去看電影或是吃飯的照片，看起來，雷公很用心地在陪伴晴天。

這讓我安心不少。

在我還沒確認晴天那天吻我是因為寂寞，還是別的原因之前，我還是會擔心他又回到了以前那個害怕寂寞的小男孩，不知道如何和不安自處的人。

只不過，歌神「樹」和我說的那一番話，我還是得要讓「太陽樂團」的人知道，這是他們的權利。但是我，卻很不想再踏入「音樂牆」一步。

這樣的一個禮拜過得難受，總算在周末的時候忽然下起了一場大雷雨，雨聲雷聲搶著哀嚎，整個城市像是陷入了大型交響樂團的表演後台中。

我猜想，只有我這麼看待下雨天吧，不管怎麼說，下雨天都是我的最愛，而「壞氣候俱樂部」也是我的歸宿。很希望可以抹滅掉之前那一段什麼「雨過天晴俱樂部」的新組合，我認為，一點也不符合大家的性格。

於是，不知不覺，我再度走到了筱雨房間，她不在的這段時間內，傭人李媽固定會把房間打掃乾淨，因此原本亂成一團的戀愛資料，現在都被整齊地排在書架上。

有時候回想起來，我們對於一個人的了解，真的太少。筱雨都已經直接把她的房間開放給大家了，卻沒想到沒有一個人知道她內心深處究竟在想些什麼，有時候我甚至認為，搞不好她的內心深處，才是最孤單的一個人。

當我撫摸著她在畢業前購買的一本又一本的戀愛分析相關書籍時，我忽然摸到了像是由她自己裝訂起來的書籍，那是將寫好的檔案列印出來之後，再利用資料夾裝訂起來的企劃案。

封面寫著：「愛晴天才這樣做」企劃 by Rain。

Rain 是筱雨的英文名，很顯然的，這個企畫案就是她當初要追求晴天時所規畫好的執行書。

我好奇地從書櫃上拿了下來，正打算要翻閱的同時，聽到大門被打開的聲音，我下意識將企劃書收進了我的包包中，就怕來的人是晴天，被他看到這樣的東西，總是會對筱雨的印象不好吧，我想。

我探出頭看了一下門口，發現了進來的人是我的老朋友，雷公。

「唷，你也來喔？」我索性從書房走了出來。

「我就知道妳也在這邊！畢竟下雨天，才是我們的日子。」雷公的話，給我一種很溫暖的感覺，這是老朋友的默契，不用多說。

我們兩人不約而同看向了窗外，看著那雨點用力拍打著玻璃的姿態，聽著雨水不停沖刷著樹葉的節拍。曾幾何時，我們已經忘記了最原始的悸動，忘記了這個聚會最重要的目的為何。

「我好想念筱雨唷……」聽著雨聲，我脫口而出。

「我好猶豫要不要告白唷……」沒想到沒變的，依舊是雷公，自從認識他以來，每一次「壞氣候俱樂部」的聚會裡面，他就一定會報告一次失敗的告白經驗，然後再由我們的筱雨小姐，狠狠訓他一頓。每當他們兩人在聊這個話題的時候，我都會覺得，我跟他們不是同一個世界的人。

沒想到，今天雷公一樣開口了。

「唉唷，想告白就去呀！反正你又不是第一次失敗，怕什麼？」我沒好氣。

「這次不太一樣啦……」

「怎麼說不一樣？」

「這一次我暗戀的對象，原本是和我的好朋友在交往。我不怕失敗呀，我怕的是如果告白成功的話，我怎麼對得起我的好朋友？」雷公這次說的話每一句都紮實地敲打著我的心口，因為我怎麼樣也沒想到，雷公竟然也遇到了和我同樣的問題？

當然，雷公不知道我心裡的煩惱。然而當他說完這些話之後，我的腦子立刻浮現了晴天的臉……

可怕的是，這時候筱雨的房門再度被推開，原本應該只是存在我腦海中的晴天，忽然一瞬間就出現在我眼前。

「晴天！」晴天推開了門之後，並沒有立刻將門關上，透過他背後開啟的大門，我可以看見風大雨大的雷陣雨，正在肆虐筱雨家的庭院。

「芸芸，妳為什麼都不接我電話？妳不知道大家都很擔心妳嗎？」我看著晴天，發現他的臉頰瘦了，不知怎麼搞的，一種自責感又湧上心頭。

「不用擔心我，我已經去星河唱片一趟了……」我說。

「那事情對我來說不重要，我不想要談這件事情。」

「這關係你未來的前途，你怎麼可以說不重要呢？星河唱片只想和你一個人簽約，他們不想簽樂團，你怎麼想？」我把我這幾天煩惱很久的事情一股腦說了出口。

「那就不要簽呀！」晴天說得很率性。

「不要簽?你知道這個機會有多難得嗎?你們這些人稱天才的人怎麼都一個樣，只要求自己開心，世界上其他的事情變得怎麼樣都不重要嗎？」我承認，我說得很激動。

「我玩音樂，是為了興趣，不是為了錢。」

「最好你都不用管你以後的生活，我也不想管了，那我就回絕他們，說晴天不需要錢，不想和你們簽約，好嗎？」我有點歇斯底理了。我搞不懂，為什麼這些人都不懂人家的關心呢？

「好了啦芸芸，不要這麼激動啦，有事情可以好好說呀！」雷公這時候跳出來當和事佬，但是事情遇上了就是要解決，也沒什麼好退讓的。

「我不激動呀！那不是我的未來，如果晴天不想簽約，那我就回絕人家就好，因為對方還在等待我的答覆，這不是很簡單嗎？」一時之間，在筱雨的房間內，晴天、我、雷公，站成了一個三角形，大家都沉默了下來，都不說話了。

半响，雷公自言自語了起來。

「感情這種事情……和前途一樣呀！到了最危險、最緊急的時候，要選擇什麼？當然要選擇對自己最有利的呀！如果說，有機會可以五個人一起出片，那當然很好，可是如果沒有機會的話，只能夠自己一個人先出道，那也不錯呀！晴天，你說對吧，大家也不會怪你的。」

「我真的不太在乎這事情，我隨緣，除了感情以外的事情，我都是隨緣分走的。」晴天說著說著看了我一眼。

「感情呢？也是這麼一回事呀！如果說，兩個好朋友喜歡上同一個人的話，那就沒有什麼好相讓的呀！因為重點就不是誰要讓給誰的問題，重點在於那個被喜歡的人，要選擇哪一個人，才是事情的重點嘛！」雷公這段話說得清清楚楚，節奏分明，他似乎知道了我、筱雨和晴天之間的關係以及問題，似乎想要藉這個機會，幫助晴天釐清他自己的心情。

晴天則是低著頭，像是在考慮些什麼……

這時候屋內沒有任何聲音，但是從晴天沒有關起來的大門處，卻不停傳進來恐怖的風聲和磅礴的雨聲，彷彿，在幫我們三個人，製作出最大器的背景音樂。

沒多久，晴天像是想通了什麼，他抬起了頭，看向雷公。

「雷公說得對，我應該要面對自己的心情才是……」晴天緊緊地咬著嘴唇，看起來，這事情也困擾著他很久了。

「我也要面對我自己的心情……」當我期待著晴天說出什麼有結論性的決定時，忽然雷公插了進來。

「啊？」我不懂。

「就像筱雨常說的，如果暗戀了就去告白呀！不然的話，就祝福人家找到更適合她的人，我決定了，我要告白！」我看著雷公堅定的表情，那一瞬間我很替他開心，雖然他屢戰屢敗，但是我希望，他這次告白的對象，會接受他。

「晴天，我喜歡你！從你第一次加入我們的聚會之後，我就一直很喜歡你了！」

雷公說完之後，窗外正閃過了一道閃電，一陣陣低沉的雷鳴聲似乎從很遠很遠的地方，傳了過來。

我相信我當時肯定是相當傻眼。而當我看向晴天，他的表情更是呆滯。一時之間，只是覺得雷公在開玩笑，只不過，當我看到他的表情時，我知道，他是認真的。我們三個人，頓時之間，像是陷入了巨大的漩渦之中，誰也碰不了誰。然而更令人驚訝的事情，卻發生在我們同時間沉默的那幾秒鐘裡……

「你總算是出櫃了！」聽到這句話的我們三個人，同時轉頭看向了門口，那個在風雨之中還能保有如此強烈存在感的人，不是筱雨，還會是誰？

窗外的雨越下越大，偶爾傳出的幾聲閃電，讓我的心情一直安穩不下來……

第三十話
全員集合

在筱雨家井然有序的裝潢之中，我們四個人，我們組成的「雨過天晴俱樂部」成員，卻在這樣的狀況下，進行了聚會。

這個曾經是代表我們青春時期的一個印記，如今看起來，印記的輪廓竟然因為時間而有所凋落，漸漸看不清楚，越來越模糊了。

當筱雨出現的那一瞬間，我心裡想的倒不是我們兩人和晴天之間的問題，反而我的回憶，因為窗外的雨聲飄到了很遠、很遠以前……

從高中的「英語話劇社」開始，雷公就曾經因為在心儀的對象面前說錯了台詞，而懊惱不已。現在想起來，我當初明明就好像有察覺到什麼，因為當雷公說錯台詞時，他所看向台下的方向，是男生班的座位區。

每一次筱雨提醒他要找到適合的對象時，其實也是在暗示我，雷公是同志的這件事情，然而我卻一直沒有察覺。最近的一次，是去動物園的那天，我以為雷公因為害羞一直沒有和心儀的女生講話，原來，那個女生才是多出來的人，只不過，這樣看起來，雷公應該每次找的都是直男（非同志），完全不理會對方是否喜歡同性，就直接告白了，難怪筱雨總是會說出那樣的話。

我看著雷公，忽然心裡湧出了一種不知名的悲哀感。當然，我不是因為他的性向而感到任何不適，我難過的是，他一直隱藏著這樣的心情在生活著，比較起來，我那麼一點點的愛情問題，真的太渺小了。

而從風雨之中走進房內的筱雨，吸引了所有人的眼光。

「我跟你講了多少次了呀……不要找不適合自己的人，你總是不聽，先不要說對方個性是否適合，就連對方的性向你也不管，就一昧的告白，再怎麼樣是好朋友的我，也看不下去……」筱雨雙手插在胸前，看起來像是個教授在對學生訓話一般嚴厲。

筱雨邊說一邊走進了她的房間。

「還有你。你現在搞清楚什麼是愛情了嗎？我們……還算是男女朋友嗎？」筱雨的眼光十分銳利地落在了晴天身上，晴天顯然一句話都說不出來。

「我才離開多久？兩個月？三個月？你當初口口聲聲說的愛我，現在到底還有沒有效？」筱雨咄咄逼人的這種態度，倒是我第一次見到。她一個接著一個說教，終於，走到了我面前，我從來沒有看過她的眼神，那麼嚇人。

「……好姐妹是嗎？」不知怎地，筱雨說這句話的時候，我感到了一股殺氣，我沒想到過，為了一個男人，平常那麼溫柔可人的筱雨，今天竟然搖身一變成了這副德性，更讓我好奇的是，她到底去了什麼地方，會帶給她如此大的轉變。

「筱雨……我沒有要和妳搶男朋友，真的……」我必須為自己辯解，因為在這之前的幾個禮拜裡，我一直設法在與晴天之間的距離界線畫分清楚，那也是因為我意識到筱雨是我最好的朋友，我才會有那樣的舉動。

「芸芸，妳認為，我會害怕妳和我爭男朋友嗎？我在任何不同形式的比賽當中，妳曾經有看過我害怕或是失敗過嗎？」筱雨的樣子，讓我看得眼眶都紅了，我不但是害怕，還感到難過。究竟真的是因為「男人」這兩個字，讓筱雨變成這副模樣，還是說，她出國之後，經歷了什麼可怕的事情，讓我印象中溫柔婉約的筱雨，整個人大轉變。

「筱雨，不要這樣子……我知道什麼妳都贏得了，因此我不會和妳比較……」我的眼淚，從眼眶中流了下來，我不願意讓我們的青春回憶，結束在這樣的事件上。

「芸芸說得不對……」雷公這時候忽然說話了。

「這一次，妳不見得會贏。筱雨，在場有三個人喜歡晴天，我不認為，妳會是最後的贏家……」雷公表情猙獰地說著這番話。

「我知道這事情最後決定勝負的人是誰，是晴天。但是我今天不想聽到結果。」筱雨的嘴角上揚著，看起來就像是她的心裡，又想到某種計畫。

「我有一個提議，可以讓這件事情更戲劇化地落幕，但是當事情結束之後，誰都不可以埋怨誰，我們『雨過天晴俱樂部』，還是要繼續聚會。」這時候的筱雨狂氣逐漸消逝，恢復到了以前我所認同的天才筱雨。

「什麼提議？」晴天開了口。

「下一次的雨天來臨時，我們三個人分別到三個不同的地方，三個我們分別第一次見到晴天的地方等他，看最後他決定選擇停留在哪個點，就代表他選擇了哪個人。」

筱雨的嘴角還是洋溢著笑容，我不知道這個遊戲對她來說有什麼意義，但是就我常說的一句話，筱雨做任何事情都有她自己的把握度，也有她背後的意義。我能夠想像得到的，只有她和晴天之間或許存在著某些我不知道的默契，足以讓她覺得晴天依舊還是會選擇她。

畢竟，筱雨不在的這段時間內，我也只是她的替身罷了……

「我沒有意見，只不過，我和晴天第一次見面的地方就是在這裡……」雷公這時說出了還挺尷尬的問題。

「放心，到了那一天的時候，我會出門的。」筱雨說。

「怎麼樣，芸芸，有什麼問題嗎？」筱雨問我。

「沒有，我想先離開了……」我不敢看筱雨，因為我不希望她現在的樣貌，會留在我的記憶中，我希望下一次見到她的時候，已經不是現在的模樣，而是以前那個，和我最要好，也最體貼人的筱雨。

「關於星河唱片的事情，你再仔細想一下，最好是可以和團員們一起討論討論。」在臨行前，經過了晴天身邊，留下了這麼一句話。

說真話，我並沒有興趣參與「搶男朋友比賽」，我只是希望，晴天可以做他自己喜歡的事情，並且一直持續地做下去。

就連他要選擇的另一半也是一樣。

如果他今天告訴我說，他喜歡男人，他喜歡雷公，只要是他喜歡的，我一定會祝福他。我認為，這是我愛他的表現，我從沒懷疑過自己，這樣詮釋愛情，有什麼問題。

那天離開了筱雨家之後，我回到了家中，不停地想著以前「壞氣候俱樂部」的點點滴滴。想起了我們第一次見面、想起了我們第一次上台、想起了彩排英文話劇時的片段。那段時間裡，有的只有樂趣，沒有難過，就算有，也是屬於那種為賦新詞強說愁的苦。沒幾天，就過去了……

然而現在，我們幾個人，竟然為了「愛情」在爭吵？

我、雷公、筱雨，三個人都在自己的家裡，望著窗外，看著天氣的變化。只不過，最近的氣象很不穩定，有時候雲層厚起來了，但是似乎瞬間又出了太陽，有時候下起了幾滴毛毛細雨，但是過沒多久，又放晴了。

我相信我們三個人，不，是四個人，心情都隨著天氣的變化而被左右，但我真心的希望，最後的結果是好的，結果出來之後，我們也還是可以像以前一樣開心地聚會……

大家都在等……

究竟，哪一天會下雨。究竟，哪一個地方，會放晴……

第三十一話
三個場所

時間，不可思議地，就這樣不急不徐地過了一個月。

這一個多月以來，我沒有和其他三人聯絡過，也不知道他們的想法為何，但是我自己，還是依照著自己的思考方式往前進。

假如，晴天選擇的是我，我一定會開心地擁抱他，並且用全世界上最甜美的方式對待他。然而，如果晴天選擇了別人，我也一樣祝福他。

那可謂是命運的一天，下午一點鐘左右，天空忽然加深了顏色，天色轉而變陰沉，風一陣陣吹來，有點像是上一次驟降的雷陣雨來臨的前兆。

我看著天空那一層又一層的雲，聽著從雲層背後傳來那一陣又一陣的雷聲，我的嘴角，洋溢著久違的笑容，任何狀態都會有結束的一天，大家提心吊膽，互相猜測的日子，即將要結束。

就像是不可能永遠都不下雨一樣。

霹哩啪啦的雨聲響，整片整片打在了我家外面的柏油路上，那就像是比賽開始的鳴槍一樣。我知道，該出門了，我得搭公車回到學校，回到那個第一次我偷聽到他們講話的地方。

當公車因為雨勢過大而開得很緩慢時，我在車上不禁想著：晴天，究竟會到哪個地方去呢？

同樣的時間點，我們四個人開始採取了相同的動作。筱雨出了自己的家門，也朝著我畢業的學校方向前進，我沒有忘記她和晴天第一次見面的地方，那是多麼戲劇化的天才相遇，連我這個旁人看得都印象深刻。

至於雷公，則是回到了筱雨的屋間，這個照道理說應該四個人都會出現相同地方的日子，在這個潮濕的午後，看起來卻只有雷公一個人走進屋內。

而我，撐著雨傘，就這麼下了公車，走進學校，站在了小草圃當中。

我不停猜想著晴天會怎麼處理這件事情，當然，我這裡記載的一切，也都是事後晴天告訴我的經過了。

當雷公一個人坐在筱雨房間的沙發上，聽著窗外的雨聲時，筱雨家的門，被另外一個男人打了開來。

那是一個身高１８０，穿著藍色格子襯衫以及破舊牛仔褲的男人，他緩緩走了進來。在雷公的眼中，彷彿就像個天使降臨般，雷公在那一瞬間，差點沒激動地流下眼淚。只不過，當他看到了晴天的表情時，他才了解到，這是晴天的解決方法，這是晴天正式面對愛情之後，所認為最成熟的解決方法。

「雷公……很感謝你在我喝醉酒時，以及最近總是挪出時間來陪我的種種舉動，就算你沒有告白，我也感受到了你對我，超過一般朋友的好。我由衷感謝！」

晴天一直站在玄關，他的背景則是下不停的雨，在雷公的眼中，彷彿變成了一副「人在雨中」的畫面。

「你沒有打算要進來？」雷公淡淡地問。

「我有我的行程，你知道的……」晴天微笑著。

「我可以……抱一下你嗎？」雷公從沙發上站了起來，晴天點了點頭。這時候的雷公就像是我所形容的愛情觀一樣，當他知道了晴天不喜歡他的時候，他會全心全意祝福晴天，和他最愛的女人獲得幸福。

「我還是不認同筱雨的說法，因為我認為，適合與不適合都是主觀的，包括了喜歡男人或是女人的這件事情。哪一天，也許你改變了想法，但我已經不在你身邊了，那才是真正可惜的事情。至少，現在對你來說，你心裡知道，有一個男人，喜歡著你，等到你改變了，或許我……還沒變……」雷公的告白比女人還深情，晴天不自主地張開他的長手臂，緊緊抱住了雷公，我相信，雷公在晴天的懷抱裡，有偷偷掉了幾滴淚……

「好了，去吧！我也很好奇，最後你會選擇誰，不過不管是誰，都是最好的選擇，因為她們兩個，都是我最好的姐妹。」雷公離開了晴天的懷抱，晴天眼眶也泛著淚水，一步一步退出了筱雨家的門口，晴天知道，他得要趕緊前往下一個地方。

同樣的方向，同樣的一條路，晴天在進來學校之前，先走進了學校外面的那家「氣象圖餐廳」。因為是周末的關係，裡面沒有什麼學生，倒是洋溢著現場演奏的鋼琴音樂。

晴天一走進餐廳就被琴聲吸引了，他熟悉奏這樂曲的旋律是出自哪位女孩之手，他更清楚這個女孩，曾經在他的生命中，扮演過最重要的角色。

晴天再往裡面走去，舞台邊的鋼琴前，穿著正式禮服，美得像天使一樣的長髮美女，那不是筱雨，還會有誰……

我記得我曾經說過，如果筱雨精心打扮起來的話，這世界上幾乎沒有人能夠比她還要美麗，而今天的她，大約就到達了我所形容的水準。

晴天站著，看傻了眼。

不知道是因為震懾於筱雨爐火純青的鋼琴魔力，還是看到她美得令人不可置信的外表，他完全說不出話。

最後幾個小節，筱雨重重地彈下了幾個低音，結束了這首樂曲。晴天忘我地鼓起掌來，雖然這不是他所擅長的樂器，但是以晴天對音樂的領悟性，他完全可以感受筱雨投放在琴聲裡的情感。

「你走進來了。」筱雨說。今天的她，看起來已經恢復成之前從容又自信的天才筱雨了。

「是呀。」

「有打算坐下來嗎？」筱雨問。

「有。」晴天也很紳士地回答著。

「這表示，這場比賽，我贏了嗎？」筱雨的臉上掩蓋不住笑意。

「這表示，我要很鄭重地感謝妳！」聽完了晴天的話，筱雨的臉色微微變了。

「什麼意思？」

「感謝妳教會了我，愛情是怎麼一回事。以前的我只以為愛情就是一種交換，妳喜歡我，妳就拿妳的東西給我，包括了感情，或是身體。直到認識妳之後，我才知道，那根本不是愛情，很感謝妳，教會了我愛情這件事情。」晴天說。

「那你倒是說說看，你現在心目中的愛情，是什麼樣子。」出乎意料，筱雨並沒有露出像那一天剛回國的狂氣，反而很平心靜氣，聽著晴天說的每一個字。

「和妳在一起的時候，我相信那叫做愛情。只不過，我有我的原罪，我害怕寂寞這件事情，的確是可以控制的，但是，『原罪』，是無法完全根除的。對我來說，最好的愛情，就是找到一個願意撫平我不安與寂寞的人，永遠陪伴在我的身邊。我曾經以為，那會是妳，後來我才發現，妳只是在扮演那樣的角色，好讓我愛上妳，但是真實的妳，到底是什麼樣子，我一直到今天，都還沒辦法了解。然而真正適合那個角色，根本不用扮演的人，我在妳不在身邊的這段時間內，已經找到了。」聽起來，晴天像是自己找出了答案，再也沒有迷惘。

「是芸芸？」

「嗯。」

「很好，我竟然，在這個比賽裡面輸掉了，這真是我沒想像過的。」筱雨苦笑著說。

「妳沒有輸，只不過，我和芸芸，的確贏到了些什麼。在愛情裡，沒有輸家這種事情。」晴天一邊說著，一邊站起了身。

「我得走了。」晴天說。

「嗯，看起來，你對我這段時間跑去哪裡都沒什麼興趣了？」筱雨嘟著嘴。

「改天吧，有機會的話我們還是可以聊天的。」晴天說。

「說得也是，改天吧！我們還會再聚會的。」筱雨的笑容裡，依舊保有著原本的自信，這樣的表情，讓晴天看了很舒服。因為這代表著，筱雨並沒有因為這件事情而感到沮喪或是難過。

「我走了。」晴天告別了筱雨之後，幾乎是一路跑進了學校，因為這時候，雨已經停了，不但出現了太陽的光芒，就連淡薄的彩虹，都可以清楚看到。

我從很大的雷陣雨時期等起，一直站到了雨勢漸小，一直站到現在出現了太陽，我心裡想：看起來，是不會走到我這個地方了……

無奈的我，走向了矮牆，靠在了矮牆上，看著遠方露出頭來的太陽，我心裡盼望的晴天沒出現，但真實生活的晴天倒是現身了。

「咳、咳……」忽然，我的背後傳出了熟悉的聲音。我不用回頭，也能夠知道那個聲音來自於哪個男人。

「沒去筱雨家呀？」我沒有回頭，但我的眼眶，在聽到聲音的瞬間就濕透了。

「去了。」

「結果呢？」

「我和雷公深情擁抱過了。」

「沒去『氣象圖』？」

「去了。」

「結果呢？」

「我感謝筱雨教會了我何謂愛情。」

「那你現在來這裡做什麼？」我說這話的時候，我發現晴天已經走到了我身邊，和我一樣倚著矮牆，看著遠方那露出頭的太陽。

「想和妳一起看看雲……」晴天嘴上這麼說，眼睛雖然還是看著前方的，但是他的手，緊緊握住了我擱在矮牆上的手。

我的眼淚，不自主地往下流著，我從來不知道，雨過天晴的天空，是這麼美麗，讓我感動到連心頭，都溫暖了起來。

第三十二話
愛晴天才這樣做

在這戲劇性的一天結束之後，我們幾個人彼此之間，都沒有開始原來正常般的連繫，大概只有我和晴天，恢復成每天見面。

晴天決定和我再一次跟星河唱片的人碰面，仔細討論「太陽樂團」有沒有出道的機會，如果真的沒有的話，再退而求其次看看晴天單飛的規畫。

只不過，在那一陣子情緒紊亂的日子裡，我沒什麼時間好好整理家裡的東西，一時之間，那張「星河唱片音樂總監」的名片，我竟然找不到了！

「拜託，那麼重要的東西，妳應該要記得是放在哪裡吧……」晴天癟起了嘴。

「我應該是放在家裡了，要不然你今天和我一起回家去找好了。」就在「音樂牆」我左翻右翻著自己的背包時，我發現，我的手機螢幕上，又出現了未接來電。

「筱雨有打過電話來耶！不知道有什麼特別的事情。」我和晴天說話的同時，兩個人一起走出了「音樂牆」。

我回撥了筱雨的電話，電話那頭很快就接了起來。

「喂，筱雨嗎？我是芸芸。」只不過，電話那頭，沒有回應。

「筱雨嗎？我是芸芸……」這感覺，似乎似曾相識……

「芸芸喔！我是筱雨的母親啦……」果然……

「伯母，有什麼事情嗎？」既然是相同的情況，我猜想，應該是類似的事情吧。

「我是要跟妳說筱雨又不見了……護照也帶走，我懷疑她又出國了，如果她有和妳連絡的話，麻煩讓我知道。」這次筱雨母親的口氣聽起來，好像沒有之前那麼緊張了。

「筱雨又失蹤了？」我掛掉電話後，晴天也大概了解了談話內容。

「對呀，我真的不懂，筱雨在台灣的生活那麼優渥，還有什麼是需要她跑去國外才可以得到的呢？」

「嗯……」晴天顯然也無法回答這問題。

「算了，趕緊回家找到那張名片吧！」我這才想起了正經事。

回到家以後，晴天和我翻箱倒櫃找著房間裡的每個角落，最後終於在我隨身攜帶的另外一個背包裡，看見了這麼一張小小的名片。

「喔……差點沒被妳嚇死！我的前途差點被妳毀了……」晴天打趣著說。

「哪有這麼誇張……咦……這一本書？」當我把那一陣子常背的背包裡的東西全部都倒出來之後，我看到了一本企劃書。

「**愛晴天才這樣做**，企劃書？」晴天循著我的眼光拿起了這本裝訂起來的企劃書，好奇地看著。

先前因為礙於筱雨和晴天的關係，因此我不想讓他知道，筱雨曾經為了研究要追到他，下過一番功夫，以至於連我自己都忘記了，我曾經在筱雨的家找到這本書過。現在既然我和晴天都穩定交往了，我也很好奇，到底當初筱雨的腦袋瓜裡，想的是怎樣的策略。

愛晴天才這樣做

目次

1、目標背景

2、目標分析

3、達成方法

4、結語

我和晴天兩個人一起翻閱著筱雨的這本「筆記」，真的覺得很有趣，因為裡面不光是記下的事前計畫，就連她和晴天認識的過程，也一一記錄下了心得。

目標背景：周晴天。台中烏日人，小時候家中雙親感情不和睦，母親長年遭受父親酗酒後的家暴，以至於母親周期性離家出走。對於他來說，兒時記憶就是蹲在門口等待母親回家，最幸福的時光則是母親回家後會下廚做拿手菜給兒子吃，藉以安慰他。因此，對他而言，母親那幾道拿手菜的味道，就代表了溫暖，代表了家庭。田野調查後，拿手菜如下：清蒸鱈魚、豆干肉絲、香菇蒸蛋、培根高麗菜及醬爆肉絲。

晴天一邊念著筱雨打的字，一邊咀嚼著字裡的含意，嘆了深深的一口氣。

「所以，她在那一年暑假七月下去了台中一趟，可能住了一段時間，找到了我父親或是親戚之類的人，調查出這些資訊？」晴天自言自語著。

目標分析：因為成長環境，他從小就容易不安，更因為母親離家出走的回憶，讓他害怕寂寞。因此他只能夠在寂寞的時候，找人陪伴藉以取暖，如果不能改變他這一點，任何一個人都無法與他談戀愛。

晴天看了直搔頭。

「在筱雨面前，好像任何人都是透明的……」晴天繼續往下唸著。

達成方法：根據愛情小說家H的部落格裡提到，「愛情的身心靈」三個層面，最重要的就是和他成為可以相處的朋友（靈的部分），接著想辦法給予他家庭的安全感（心的部分），最後一步才是讓他意識到這個朋友，是一位有著異性吸引力的妙齡女子（身的部分）。一個階段、一個階段慢慢進行，目標終可達成。

晴天這時有點說不出話來，我看見他的耳根子整個發燙了起來，我相信，那是被人家牽著鼻子走之後，發現自己的無知所引發的尷尬。

達成方法步驟一：找出「太陽樂團」的鍵盤手，想辦法讓他無法練團。

達成方法步驟二：激起他的鬥爭心，讓他產生「這個女人」是與眾不同的想法。

達成方法步驟三：找個機會下廚，讓他嚐到小時候記憶中的味道，「我」就會成為安全感的代名詞。

達成方法步驟四：驗收成果，考驗他對寂寞的忍耐度。

晴天這時候已經從尷尬轉變成了佩服，他邊看邊搖頭，嘴邊露出了淺淺的微笑。

結語：本企畫案執行難度不高，因此整體來說，他已經完全按照我的計畫進行，最困難的地方不在本企劃案的內容，而是與本企劃案密切相關的下一個企畫「愛情天才這樣做」。

看到這裡時，晴天趕緊要我注意看。

「芸芸，妳看……還有下文！」

愛情天才這樣做　企劃案　by 筱雨

我沒想到一本企劃書裡，還有著另外一個企劃，而且這裡面的內容，似乎很神祕。

愛情天才這樣做

目次

1、企劃原由

2、企劃目的

3、企劃步驟

4、結語

企劃原由：我一直堅信自己對愛情的想法，不但從以前看雷公盡做些**低級層面**的事情，一直到後來看到芸芸做出了一些**消極層面**的事情，我不禁想問，如果是我的話，我會如何做出**積極層面**的做法，才足以表示，我在愛情上，依舊是站在了天才的地位。

所謂低級層面指的是不管自己喜歡的對象適不適合自己，接不接受自己，本人還是一頭熱地往愛情裡竄，雷公為其代表；所謂消極層面指的是，知道自己喜歡對方，也有可能適合自己，但是卻不願意積極做些策略，以成就這段愛情，芸芸為其中代表。那麼，積極層面的做法應該就是，如果自己喜歡的對象，不適合自己，甚至有了適合他的對象，就應該要想辦法成人之美。讓所愛的人得到幸福之後，自己也就可以同樣感受到幸福。

在看完了筱雨有如繞口令一般的解釋之後，我還是不懂這第二份企劃案，到底想要表達什麼。

企劃目的：一石二鳥，一來讓我實驗我的理論，二來也可以讓所愛的人得到終生幸福，一箭雙鵰，何樂而不為。

企劃步驟：

步驟一：自己模仿芸芸的形象，利用第一份企劃案，讓他愛上我。

步驟二：要讓他雖然了解愛情的本身的同時，也感覺到我和他是兩個不適合的個體。

步驟三：要製造機會，讓他和芸芸再度接觸，讓他了解自己適合的對象就是芸芸，而不是我所模仿的芸芸（此處為關鍵，難度指數最高）。

看到這裡，我漸漸知道筱雨的用意，但，我還是不能完全確認這兩個企劃案組合在一起的意義為何。

結語：自從加入「英語話劇社」的第一天，我就喜歡上芸芸了。只不過，在我那富裕到不行的家裡，我的性向，成了爸媽和我之間的鴻溝，於是我們約定好了，大學畢業之前，我不可以談戀愛，也就是，不可以交女朋友。只不過，當我看到了我所愛的芸芸，因為一個還不了解自己的異性而受傷的時候，我就決定，要利用我的智慧，幫助這個我愛的人，這樣才是真正的愛情天才會做的事情。我多麼想要告訴她，那張照片中，理著平頭的國中小男生，就是早在青春期就了解到自我性向的「我」。但是我無法抗拒家裡的壓力，也不願意爸媽因為我而受到社會的壓力……因此，在做完這所有事情之後，我會出國，到一個同志愛情平權的國家。以發展到目前為止的狀況看起來，一切順利。我愛的芸芸，將會和她愛的晴天廝守終生，這一切，讓我感受到幸福，也證明了我積極層面理論的正確性。

最後一段結語，解釋了我心中所有的疑惑，然而在閱讀筱雨的文字之時，我的眼淚，早已經止不住地往下滴落，我從沒有想過筱雨是抱著這樣的心情，在我的身邊為我做這麼多事情，而她所有異常的舉動，如今也都了然於心。

只不過，如果可以的話，我多想和妳聊聊妳的心情。

筱雨，或許，哪一年的下雨天，我們會在哪一個不知名的國度相遇呢？

後記

「真的寫完了嗎？」這大概是我打完故事的最後一個字時，第一句在心中蹦出來的話。

原因在於，寫這一本小說，實在是耗了我太大的心力了。

原本在寫「時間。差」的時候，這個題材就已經出現在我的腦海中了，只不過，有許多細節，當時的我認為，尚無法讓它更精彩化，甚至我認為有太多心理描繪，透過文字來表達似乎沒辦法達到我要的標準。

然而，想要寫這個題材的慾望，在最後幾個月的時候越來越強烈，強烈到我自己夢到了高中大學時期的自己，強烈到我的腦中無法浮現別的題材。

也許比較少在創作的人不太能夠理解我的意思，這個故事對我來說，有一種接近洪水猛獸般的存在感。這個故事，真的得要很專心才能駕馭。

在這裡面，我其實很想討論的是，愛情中，所謂「適合」的觀念。

因為一般女人在談戀愛的時候，容易陷入尋找「優質」的男人，而不會先去考慮「適合」的男人，這一點讓我很訝異。

我在書裡提到了三種不同的層級，討論理想愛情觀該怎麼做。當然，就筱雨這種天才般的理想論者，絕對是為數很少的人才可以做到這樣，絕大多數的人都是比較偏向於雷公或是芸芸。

只不過，我有時候總會想，其實要做到像筱雨那樣，並不見得要天才般的智商，只要大家有一顆愛情的同理心，應該就可以做得到了。而當大家都有一顆愛情的同理心時，會產生一種現象。那就是，只要某兩個人天生是適合的對象，身邊每個擁有同理心的人就會幫忙撮合。這樣一來，只要最後是情侶關係的兩個人，就一定會是互相適合彼此的人，那麼，分手或離婚的憾事，一定會減少很多。

有時候，我喜歡自己天真點……哈。

最後告訴大家，我決定要寫這本小說的契機，就在於這本書的書名，在某一個下雨天的午後，倏地跳進了我的腦中，而我實在無法放棄這個雙重意義的書名，於是，我決定挑戰，接著就打開了檔案。

希望看完本書的妳，可以得到一些以前沒想像過的感動，那麼，我就心滿意足了。

H